마도종사

魔道宗師

FANTASTIC ORIENTAL HEROES

백일 新무협 판타지 소설

마도종사 4

백일 新무협 장편소설

초판 1쇄 찍은 날 § 2010년 11월 15일
초판 1쇄 펴낸 날 § 2010년 11월 25일

지은이 § 백일
펴낸이 § 서경석

편집팀장 § 서지현
편집책임 § 박우진

펴낸곳 § 도서출판 청어람
등록번호 § 제1081-1-89호
등록일자 § 1999. 5. 31
어람번호 § 제2-2004호

주소 § 경기도 부천시 원미구 심곡2동 163-2 서경B/D 3F (우) 420-822
전화 § 032-656-4452 팩스 § 032-656-4453
http://www.chungeoram.com
E-mail § chungeoram@chungeoram.com

ISBN 978-89-251-2350-9 04810
ISBN 978-89-251-2277-9(세트)

백일 新무협 판타지 소설
魔道宗師
마도종사
4
FANTASTIC ORIENTAL HEROES
도서출판 청어람

目次

第一章
청부자가 누구냐고?

魔道宗師
마도종사

"크윽!"

장준은 핏물을 왈칵 토하며 바닥에 꼬꾸라졌다.

복부에 맞은 주먹 한 방.

얼마나 세게 맞았는지 허리가 잘려 나간 것 같은 기분이 들고 있다.

"쯔쯔, 사내자식이 계집도 아니고……."

쓰러진 장준의 머리맡으로 흑의중년인이 다가섰다.

"엄살 피우지 말고 어서 일어나. 난 아직 시작도 안 했어!"

"으으."

흑의인의 조롱에 장준은 이를 악물고 일어났다. 너무 분해서 고통마저도 잊어버릴 것 같다. 그를 무엇보다 분노케 하는 일은, 이 무뢰한을 응징할 수단이 현재의 그에게 마땅히 없다는 점이다.

"청부자가 누구냐고? 나다, 이놈아!"

흑의인은 그 말과 함께 출현해 다짜고짜 장준에게 주먹을 휘둘렀다. 장준도 저자 왈패 대여섯 명은 순식간에 해치우는 외공 솜씨를 자랑하지만 흑의인의 주먹질은 일반 무인의 그것과 차원이 달랐다. 주먹은 무쇠와 진배없고, 주먹에 실린 내력은 금강석도 깨뜨릴 것 같았다.

흑의인의 주먹질을 막지 못한 장준은 급기야는 개인 화탄인 소뢰탄까지 꺼내 들어 던졌다.

소뢰탄은 삼 장 반경을 박살 낸다. 그래서 소뢰탄을 던질 당시 장준은 건재한 흑의인의 모습을 전혀 생각하지 않았다. 하지만 어처구니없게도 흑의인은 그 소뢰탄을 폭죽 처리하듯 손으로 간단히 막아버렸다. 상처조차 입지 않았다. 실로 괴물 같은 인간이었다. 이런 인간이 있으리라고는 장준은 일찍이 상상도 못했다.

"왜! 대체 내게 왜 이러는 거요!"

"하, 이놈 봐라! 아직도 상황 판단을 못하고 있네."

장준이 독 오른 얼굴로 소리치자 흑의인은 피식 웃으며 장준의 배를 발로 찼다.

장준은 복부를 잡고 바닥을 데굴데굴 굴렀다.

흑의인이 다시 다가가 쓰러진 그를 잔인하게 짓밟았다.

인정사정없는 폭행. 무서울 정도로 위압적인 표정.

폭행을 당하는 와중에 장준은 흑의인이 무엇을 원하는지 문득 깨달을 수 있었다.

굴복!

흑의인은 그의 완전한 굴복을 받아내려 하고 있었다.

"썅! 어림없어! 그럴 바엔 차라리 같이 죽어!"

장준의 고함에 흑의인이 폭행을 중단했다.

"하! 요놈 봐라? 아직 숨겨둔 한 수가 있다는 거냐?"

장준이 비틀대며 일어났다. 흑의인은 무방비로 서 있었다. 장준은 분노보다 수치심을 먼저 느꼈다. 강호인들은 화염객이란 이름만 들어도 십 보 뒤로 피하거늘 이 흑의인은 오히려 그 반대의 모습으로 일관하고 있었다.

"뭐 하고 있어? 어서 숨겨둔 꽁수를 사용해 봐!"

말과 다르게 장준은 선뜻 결단을 내리지 못했다.

비장의 한 수.

화탄과 무공이 결합된 화기산장의 최강 비전 육혈신탄.

그러나 이것은 그가 최후의 순간에만 사용할 수 있었다. 적도 죽고 자신도 죽는 동귀어진의 수법인 것이다.

장준은 생각해 봤다.

살고자 하면 살 수 있었다. 흑의중년인이 원하는 것은 그의 굴복이었다. 지금 그가 무릎을 꿇는다면 상황은 의외로 쉽게 풀려 나갈 수 있었다. 하지만 그런 굴복은 그에게 정말 죽기보다 더 괴로운 일이었다.

"나약한 놈! 그딴 정신으로 무슨 너 죽고 나 죽고를 들먹여! 그냥 꿇어! 귀여워 해줄 테니!"

흑의인이 장준의 머뭇거림을 보곤 비아냥댔다.

장준은 이를 악물었다. 인내의 한계에 다다르고 있었다. 장준은 이제 애원하는 심정으로 소리쳤다.

"제발! 제발! 날 그냥 내버려 둬! 이러면 정말 같이 죽어!"

"흥! 웃기고 있네. 죽긴 누가 죽어. 오냐, 이놈아! 어디 같이 한번 죽어보자!"

흑의인이 장준에게 다가와 멱살을 와락 잡았다. 얼굴을 맞댄 위치에서 흑의인의 진한 눈동자가 장준을 무섭게 노려봤다. 순간 장준은 허리에서 힘이 쭉 빠져나갔다. 육혈신탄은 사용할 생각도 하지 못했다. 인간이 무섭다는 것, 처음으로 느껴본 감정이었다.

흑의인이 장준의 멱살을 풀며 말했다.

"육혈신탄 따위로 나를 위협하지 마라. 넌 죽어도 난 안 죽어. 난 죽었다가 되살아날 수 있으니."

흑의인의 말뜻을 장준이 알 수는 없었다. 다만 이 흑의인이 죽음을 전혀 두려워하지 않는 존재라는 것, 그것만큼은 장준도 알 수 있었다.

"으으으."

장준은 바닥에 힘없이 쓰러졌다.

그런 장준의 머리로 흑의인이 다시 주먹을 들었다.

"넌 아직 한참 더 맞아야 돼! 몸에서 독기가 빠져나갈 정도로!"

* * *

"맙소사!"

능비는 어선으로 올라오는 해량을 기가 막힌 심정으로 쳐다봤다. 해량의 손에는 비 맞은 개처럼 축 늘어진 인간 하나가 잡혀 있었다. 얼굴이 온통 멍투성이인 인사불성의 인간, 화염객 장준이었다.

"접선을 하라고 했더니 아주 떡을 만들어왔군요."

"뭐, 이게 바로 우리의 접선 방식 아니겠습니까."

"백부! 그걸 지금 말이라고 하세요!"

능비는 불만의 심정을 토하며 해량의 뒤를 노려봤다. 만만한 대상은 이괴망종. 머리를 계면쩍게 긁적이는 이괴망종이 그의 눈에 포착되고 있었다.

"당신들은 대체 뭐 하는 인간들이야! 공사도 구분 못해!"

"우, 우리가 안 그랬어요!"

"우린 아무런 죄 없어요!"

이괴망종이 억울한 얼굴로 펄쩍 뛰었다.

누가 그것을 모르랴.

능비는 짜증 어린 음성으로 소리쳤다.

"닥쳐! 장준을 당장 선실로 옮겨! 오늘 오후까지 원래 모습으로 되돌려놓아! 안 그러면 두 사람이 장준처럼 될 거야."

선실로 옮겨진 장준은 얼마나 무참하게 두들겨 맞았는지 이괴망종의 극성 어린 돌봄을 받고도 좀처럼 깨어나지 못했다.

그사이 무창의 분위기는 몹시 심각해져 버렸다. 중무장 병력이 무창의 도심을 샅샅이 뒤지고 다녔으며 신원이 증명되지 않는 자는 무조건 포박해 무창 지부로 끌고 갔다.

금룡반점 사태가 원인일 것은 자명한 일.

자칫하면 금선령이 다시 장강에 걸릴 것 같다는 선주의 보고에 능비는 일단 어선을 강북으로 출항시켰다.

어선이 무창 포구를 벗어나자 능비는 그때부터 선실로 들어가 장준과 같이 머물렀다.

장준은 이 무렵 정신을 차리긴 했지만 능비를 날카롭게 주시할 뿐 아무런 말을 하지 않았다. 능비도 물론 먼저 말을 건네지 않았다.

지루한 침묵의 대치 속에서 이윽고 장준이 입을 열었다.

"너야? 이 짓거리를 지시한 놈이?"

"……."

"나를 이렇게 만들고도 내가 너희의 청을 들어줄 것 같아?"

"……."

"이유가 대체 뭐야? 대답을 해!"

"……."

능비는 장준의 물음에 침묵으로 일관했다. 답을 일일이 해줄 수 있었지만 그럴 필요성을 느끼지 못했다. 장준의 표정에는 독기가 생생했다. 이런 상태에서는 어떤 말을 한다고 해도 설득이 되지 않을 터였다.

"개놈의 새끼들! 나를 죽이지 않은 것을 반드시 후회하게 만들어주겠어!"

장준의 이 말에 능비가 일어나 선실 문으로 향했다.

"어딜 가는 거야? 대답을 하고 가!"

능비는 장준의 성마른 음성에 개의치 않고 선실 문을 쳐다보며 말했다.

"아저씨, 들어오세요."

문이 열리며 해량이 선실 안으로 들어왔다. 장준의 음성은 그 순간 중단됐다.

"아무래도 해량 아저씨 말이 맞는 것 같습니다. 그럼 잘 부탁합니다."

의미심장한 말을 남기고 능비가 선실을 나갔다.

"흐흐."

둘만 남자 해량이 장준의 앞으로 다가섰다. 장준이 움찔하며 주변을 급히 돌아봤다. 그러나 선실 안에서 몸을 피할 공간은 어디에도 없다.

으득. 으드득.

해량이 손가락을 뚝뚝 꺾으며 말했다.

"아무래도 처음부터 다시 교육해야겠군."

"으으."

장준의 얼굴이 구겨졌다.

눈앞의 흑의인.

화기 인생 장준의 위협이 도무지 안 통하는 괴물 같은 인간이다.

*　　　*　　　*

무창 금룡반점.

의문의 폭발을 일으킨 금룡반점은 현재 건물의 뼈대만 간신히 남아 있었다. 워낙에 큰 폭발이라 사상자도 상당했는데 대정맹 무창 지부에서는 아직까지 사건의 원인 및 피해에 대해서는 일절 공식적으로 밝히지 않았다.

사상자 중에는 상류층도 상당한 듯 무창의 실세들이 참담한 얼굴로 속속 현장에 도착했다. 그들 중에서 가장 거물이라면 무창의 거렁뱅이도 그 이름을 알고 있다는 철마관주 백무종이었다.

대정맹 용정십일군 철마관주 백무종.

무창 지부의 총주로서 철마류(鐵馬騮)의 당대 계승자다. 대정맹주 주명상과 한때 치열하게 경쟁했던 정파의 거물로서 무창에서는 거의 왕처럼 군림한다.

용정대군에 서열은 없지만 통상적으로 각 군의 일군은 지역에서 가장 강한 무인에게 선점되어 왔다. 즉, 호북 남부에서는 용정십일군 백무종이 최강자란 뜻이고, 산동에서는 용정삼십일군 악불강이 최고 강자였다란 뜻이다.

한편으로 이러한 용정대군은 대정맹이 만든 제도가 아닌

일황 시절부터 있어온 무림맹의 지역 무림 관리 체계이다. 대벌막의 지배 이후 절대왕조가 무너지자 무림맹은 대륙을 십일 개 지역으로 분할하여 각 지역의 무림 인사들을 중앙 권력으로 끌어들였다. 그래서 탄생한 것이 바로 지역을 다스리는 십군, 백팔용정대군 체계이다.

원래 용정대군들은 정마의 구분이나 무공의 수준에 그다지 상관없이 무림 명성과 지역민의 지지만으로 선정됐다. 검성과 도성도 그 제도의 초기 시절 용정대군 출신이다. 하지만 그러한 용정대군 제도는 군림 권력이 강해지면서 점차 변질되어 갔다.

일황의 말기 시절에는 일황이 용정대군을 절반 가까이 임명했고, 일패 시절에는 용정대군의 거의 전부를 일패가 직접 지명해 버렸다.

일패의 몰락 이후 검성과 도성의 시절에는 용정대군도 정마로 갈려 각종의 사안에서 첨예하게 맞섰다. 그리고 정마의 치열한 대립으로 인해 그때부터는 명성과 지역민의 지지보다 무공의 실력에 더 우선을 둔 용정대군을 선정하게 되었다.

대정맹의 시대에선 용정대군이 정파의 전유물이 되어버렸다. 용정대군 중에 마도의 인물은 현재 한 명도 없다. 이런 상황에서 지역의 민심이 제대로 반영될 리가 없다. 용정대군 제도가 유명무실해지는 상황에 처했다고 할 수 있다.

백무종이 금룡반점 현장에 들어서자 주변에서 어슬렁대던 지역 실세들이 전원 십 장 밖으로 물러났다. 그들이 물러난 후로 백무종은 현장에 차양을 치고 그곳에 임시 지휘부를 세워 금룡반점 사태에 관해 보고를 받았다.

"중멸신탄이 사용된 흔적이 보인다고?"

"네, 그렇습니다."

"하! 중멸신탄이라니! 화기산장이 멸문되지 않았다는 말인가?"

감식반의 보고를 받은 백무종은 눈살을 찌푸렸다.

정마의 성분을 떠나서 화기산장의 화탄은 너무도 위험한 물건이다. 이 때문에 대정맹은 정천거사 이후로 화기산장을 회유했고, 말을 듣지 않자 씨앗 하나 남기지 않고 화기산장의 제자들을 모조리 죽이는 정책을 펼쳤다.

"중멸신탄이 사용되었다는 것은 곧 화기산장의 후예가 아직 살아 있다는 것. 현장에 외인의 접근을 막고, 무창 인근 백리 지역에 즉시 천라지령을 발동해서 범인을 쫓아! 반드시 놈을 잡아야 해!"

"존명!"

백무종의 명령에 무창 지부의 무인들이 복명과 함께 현장 주변을 정리하기 시작했다. 잠시 후 금룡반점 주변은 무장 병력으로 사방이 둘러 막혀 출입이 엄금됐다. 폭발의 현장에는 이제 백무종을 제외하고는 한 명의 청년무인만이 남아 있었다.

청년무인은 폭발의 잔해로 뒤덮인 중심지에서 무릎을 꿇고 소리 죽여 오열하고 있었다. 오열의 모습이 얼마나 비장한지 청년의 주변으로 섬뜩한 분위기마저 휘돌고 있었다.

"서창이 오히려 부럽군. 한평생 지역의 이인자 역할밖에 못했지만 그가 나보다 아들 농사 하나만큼은 훨씬 더 잘 지었어."

백무종은 청년무인의 비통한 심정을 모르지 않았다. 청년무인은 서창대군 독운설의 외동아들로서 어릴 적부터 아비를 극진히 모시기로 소문났던 효자인 것이다.

독심포무 독인표.

점창파의 직전제자로서 현 대정삼룡이다. 아비의 권유로 나이 아홉 살에 점창파에 입문한 그는 불과 열아홉 살 나이에 사일검을 원숙히 성취하여 점창파 후기지수 중 최강자에 올랐다. 점창파의 차대 장문인이 유력했던 그는 스물두 살의 나이에 사문의 반대를 물리치고 백룡검대에 입대해 추포무관으로 명성을 드날렸고 대정삼룡의 자리까지 올랐다.

독인표의 포교 전적 중에서 가장 유명한 일화는 하북의

'주향 투서 사건' 이다. 주향이란 열 살 소녀가 저자에서 억울하게 맞아 죽은 아비의 한을 풀어달라고 독인표에게 투서를 보냈는데, 그 후로 그는 그 사건에 씨알만큼 연루된 하북 용검문의 문주 방인청, 창주 정씨 세가의 정은상 등 무려 세 명의 용정대군들을 줄줄이 잡아들였다. 나아가서는 그들을 속히 석방하라는 중앙 권력의 압박까지 끝끝내 물리치고 그들이 입은 용정대군의 옷을 벗겨 버렸다. 그 후로 독인표의 이름 앞에는 천하에서 가장 독한 심성의 포두, 독심포두란 명호가 붙게 되었다.

"총주, 제가 많이 늦었습니다. 서창대군은 어찌 되었습니까?"

백무종의 등 뒤로 문사 차림의 장년인이 빠른 걸음으로 걸어왔다. 무창의 서열 사위이자 강남서원의 원주로 지역에서 학문으로 명망이 드높은 용정십사군 팔관학사 송치원이다.

백무종은 송치원을 돌아보곤 고개를 저었다.

"안타깝지만 현장에서 즉사를 하였소. 무방비로 당한 탓에 유언 한마디도 남기지 못했소."

"허, 서창대군 같은 인물이 이렇게 허무히 생을 마치다니……."

송치원은 폐허가 된 현장을 돌아보며 착잡한 한숨을 흘려냈다. 대충 돌아봐도 폭발의 위력이 엄청나다. 이런 폭발 아래에서는 송치원 자신이라도 살아남지 못했을 것이다.

"송 원주는 강남의 민심 순회로 바쁘실 터인데 어서 돌아가서 하던 일을 마저 보시오. 이곳의 일은 내가 해결하겠소이다."

"서창과 나는 정도천하를 위해 평생을 마도와 맞싸운 지기이자 전우였습니다. 비록 그 사람을 지켜주지는 못했지만, 지우가 가는 마지막 길만큼은 배웅을 해주어야 하지 않겠습니까."

말처럼 송치원은 현재 소림 장문인과 함께 강남을 순회하고 있다. 소림 장문 혜초가 숭산을 떠나 강남으로 건너온 이유는 대정맹주 주명상의 특별한 부탁 때문이다. 근자에 마도맹의 난동 탓으로 강남의 사정이 몹시 혼란하였다. 강남의 병력으로 난동 상황은 해결할 수 있지만 그로 인해 한번 흐트러진 민심은 그렇게 쉽게 해결될 일이 아니었다. 그래서 천하에 명성 드높은 소림사 장문인을 강남으로 보내 지역의 민심을 달래보고자 한 것이다.

"참, 총주, 오는 길에 듣자니 중멸신탄이 사용되었다고 하더군요. 그렇다면 흉수가 화기산장의 후예란 말인데, 그자들이 아직까지 살아남아 활동한단 말입니까?"

"단독 범행인지 아닌지 아직은 확실하지 않습니다. 지금 놈을 뒤쫓는 천라지령을 걸었으니 조만간에 이 사안에 관해서 보고가 올라오리라 봅니다."

"네. 다만, 뭐가 어찌 됐든 이번 사건을 되도록 기밀로 다루어 빠른 시기에 정리해야 한다고 봅니다. 현재 호남에서 벌어진 사건 때문에 강남이 발칵 뒤집혔는데 이 소식이 천하에 알려진다면 사태는 더욱 심각해질 겁니다."

"그렇겠지요. 안 그래도 기밀로 다룰 생각입니다."

송치원의 말처럼 이틀 밤 사이에 실로 경악할 일이 호남성 소상에서 벌어졌다. 마검후를 추적하던 호남 지부의 무인들이 소상 지역에서 전멸에 가까운 인적 피해를 입은 것이다. 흉수는 마검후가 아닌 정체가 밝혀지지 않은 의문의 남자인데, 단순히 숫자적인 인적 피해는 둘째 문제였다. 호남의 내로라하는 일급 고수들과 용정대군들이 줄줄이 깨졌고, 나아가서는 동호세가의 가주 동호량, 팔주금군 섭화종 등 용정대군이 둘이나 그날 삶을 마쳤다. 한산월이 은밀히 용정이십일군 여운학에게 도움을 청해 여운학까지 소상 전투에 투입했는데 흉수는 검후를 등에 업은 채 그마저도 뚫고 나가 버렸다. 알려지길, 한산월은 그날의 사건 이후 너무 큰 충격을 받아 식음을 전폐하고 칩거에 들어갔다고 하였다.

"아무튼 송 원주께서는 여기 일은 신경 쓰지 마시고 소림사 장문인을 도와 강남의 민심이나 잘 돌보아주시오. 서창대군 암살 건은 내가 책임지고 해결을 하겠소이다."

"알겠습니다. 내 총주께서 서창의 한을 풀어주리라는 것을 믿어 의심치 않습니다."

백무종, 독운설, 송치원은 청춘 시절부터 경쟁과 더불어 의리를 다져온 무창삼우이다. 그런 탄탄한 의리 관계가 아니었다면 무창의 권력이 오늘날처럼 하나로 단합될 일은 없었을 것이다.

"참, 흉수를 쫓는 추적대로는 척사대를 투입할 예정이십니까?"

"아니, 척사대는 전과 다름없이 마도맹의 잔당들을 추적할 것이외다."

무창연합에는 강남제일의 추적 무인들로 유명한 척사대가 있다. 백무종이 직접 조련한 무인들인데 현재 마도맹을 뒤쫓고 있는 중이다.

"척사대를 대체할 추포관들이 있습니까? 제가 알기로 그들보다 뛰어난 추적 무인들은 무창에 없는데……."

백무종은 의아스러워하는 송치원을 잠시 쳐다보곤 넌지시 전방의 청년무인을 가리켰다.

"으응? 삼룡? 삼룡이 무창에 있었습니까?"

청년무인을 뒤늦게 살펴본 송치원이 놀란 표정을 비췄다.

"내일이 서창의 생일이오. 때문에 삼룡은 제 아비의 생신

축하연을 대비해 오늘 아침 모든 업무를 중단하고 장강을 건너왔소이다."

"하긴, 효성이 지극했던 아이였으니……."

효자라는 말을 하며 송치원이 고개를 끄덕였다. 한편으로 추적대를 따로 조직할 필요가 없다는 백무종의 말이 뒤늦게 이해가 된다. 삼룡 자체가 강호제일의 추포관. 그가 무창으로 온 이상 추적단은 따로 구성할 필요가 없는 것이다.

"삼룡이 직접 나섰으니 흉수가 누구인지 모르겠지만 곧 지옥을 구경하겠군요."

"흐음……."

대화가 잠시 중단됐다. 소리 죽여 오열하던 청년, 독인표가 일어나 두 사람 앞으로 걸어오고 있었다. 백무종 앞에 다다른 독인표는 포권을 해 보인 후 단도직입으로 말했다.

"제가 이 일을 전담해도 되겠습니까?"

백무종은 고민없이 바로 승인했다.

"조카가 원한다면 그리하게."

"감사합니다. 대정맹의 일은 총주께서 따로 조치해 주시기 바랍니다."

독인표는 총단 차원의 모종의 임무를 부여받은 상태이다.

"염려 말게. 조만간 내가 직접 총단으로 올라가 대정맹주를 뵙고 오겠네. 참, 따로 내가 도울 일은 없겠는가? 원한다면 척사대를 데리고 가도 좋네."

"그러실 필요 없습니다. 저의 능력으로 충분히 처리할 수 있는 일입니다. 부탁이 있다면 제가 돌아올 때까지 현장을 그대로 보존해 달라는 겁니다. 범인의 모가지를 잘라 선친께 제를 올릴 생각입니다."

말을 끝낸 독인표는 포권하고 바로 돌아섰다. 오열의 흔적은 이제 보이지 않는다. 독인표의 단호한 모습에 송치원이 감탄의 음성을 흘려냈다.

"과연 독심포두입니다. 이토록 빠르게 감정을 정리하고 사건 처리에 나서다니……."

감탄의 심정은 같지만 백무종의 생각은 조금 달랐다.

"송 원주, 나중에 소림 장문인을 만나면 장문인께 팔대금강으로 인표의 뒤를 한동안 봐달라고 부탁을 하십시오."

"팔대금강? 그건 왜?"

"삼룡의 능력을 불신하는 것은 아니나 사안이 심상치 않습니다. 만약 소상에서 벌어진 일과 금룡반점의 일이 어떤 식으로든 관련이 되어 있다면 아무리 삼룡이라도 대적이 버거울 것입니다. 인표는 장래에 강호의 별이 될 무창의 소중한 인재입니다. 팔대금강이 인표의 뒤를 봐준다면 우리는 삼룡과 멀리 떨어져 있어도 안심하고 삼룡의 향후 행보를 지켜볼 수 있을 것입니다."

강호의 별. 무슨 뜻인지는 송치원도 바로 알아들었다

"알겠습니다. 돌아가는 즉시 장문인께 특별히 부탁을 하겠습니다."

대화를 하던 사이에 삼룡의 모습이 시야에서 사라졌다. 백무종과 송치원도 독인표에 관한 말을 주고받으며 무창 지부로 향했다. 대정구룡은 정파의 자랑이기에 앞서 지역 무림의 명예이다. 그들 중에서 미래의 무림을 다스릴 강호의 별이 나온다. 무창의 용정대군들은 오래전부터 독심포두에게 미래 권력에 관한 승부를 걸었다.

* * *

무창에 걸린 천라지령은 능비 일행을 잡기에 한참 늦었다. 현 시각 장준을 실은 어선은 장강을 건너 내륙수로를 통해 황하로 올라가고 있었다.

장강과 황하를 잇는 내륙수로는 주명상이 중앙 권력에 등장하면서 대대적으로 추진한 공사. 적진 탈출에 오히려 대정맹주의 도움을 받고 있다고 할 수도 있었다.

내륙수로를 운항할 때 해량은 하루 종일 장준의 옆에서 생활했다. 밥을 먹을 때는 물론이요, 소피를 볼 때도 거머리처럼 달라붙어서 감시했다.

미치는 인간은 장준. 장준이 아무리 위험한 인물이라지만 이런 해량 앞에서는 반항도 도주도 아무것도 시도를 못해보는 약자에 지나지 않았다.

한편으로 장준 역시 해량을 제외하고는 여전히 누구 앞에서도 기세를 꺾지 않았다. 능비가 그간 여러 차례 면담을 가져 마결단 합류를 설득해 보았지만 장준은 그때마다 차라리 자신의 목을 가져가라고 성화를 부렸다.

백마총 출신이라는 점은 회유에 별 도움이 되지 않았다. 오히려 장준의 반발만 키웠다.

"동지? 지랄하네. 난 혈마 같은 무뢰배들도 싫지만, 그런 놈들에게 강자의 권리를 주는 마도 주류 세력들은 더 싫어. 성질대로 하자면 백마총에 폭탄을 던져 버리고 싶은 심정이야!"

주명상을 척살하자는 마도의 일대 사명도 장준에게는 개소리로 취급됐다.

"웃기고 있어! 대정맹주가 무슨 동네 왈패 이름이야? 니들 같은 잡졸들의 수작에 당하게? 개소리하지 말고 꺼져!"

능비가 백마총을 거론한 것은 장준을 회유할 최후의 수단이었다. 하지만 그것은 장준의 백마총 퇴출 사정을 잘 모르는 잘못된 생각이었다.

장준은 백마총에 들어간 후로 마도 주류들에게 극심하게

따돌림을 당했다. 장준의 사문인 화기산장은 마도의 전통 문파가 아닌 정파와 마도의 중간에 걸친 문파인데, 마도 주류들에게 이 점이 아주 못마땅했던 것이다. 주류 세력들은 장준이 백마총에 들어올 자격이 있는지 그것까지 문제 삼았다. 검마의 강력한 추천이 아니었다면 장준은 애초에 백마총에 들어가지도 못했을 것이다.

장준은 백마총에서 홀로 고립된 생활을 하다가 금마 무리와 극렬한 다툼을 벌여 중상을 입었다. 장준은 그 다음날 소멸탄을 금마의 석굴에 몰래 투척했고 나아가서는 교관들의 처소에까지 화탄을 내던져 백마총을 발칵 뒤집었다.

결국 교관들은 장준을 교육으로도 가르칠 수 없는 위험한 존재라며 백마총에서 퇴출하기로 합의를 보았다. 퇴출 과정에서 검마의 암묵적인 보호가 없었다면 장준은 그때 최소한 병신이 되어 백마총을 나왔을 것이다.

아무튼 그런 사실을 몰랐던 능비는 백마총의 인연마저 장준에게 통하지 않자 장준의 마결단 합류를 거의 포기하기에 이르렀다. 자고로 중도 제 싫으면 못하는 법인 것이다.

장준의 완강한 심정에 변화가 찾아온 것은 불망이 협박조로 밝힌 능비의 신분 때문이었다.

"너 이분이 누군지 알아? 이분이 바로 칠종검마의 유일한 후예이신 육절검마 능비 대협이야. 너 같은 놈은 일검에 베어

버릴 수도 있어!"

능비가 칠종검마의 후예란 말에 장준은 표정이 돌변했다. 이어서는 능비의 신변에 관해 꼬치꼬치 캐물었고, 능비가 능파종의 아들이라는 점이 확실해지자 그만 심각하게 고뇌하는 모습을 보였다.

어선이 황하에 다다랐을 때 장준이 고뇌를 끝내고 능비와 독대를 원했다. 장준은 이때 당혹스럽다 싶을 정도로 마결단 합류에 쉽게 응했다.

"좋아! 나도 너희의 일에 합류하겠어. 생각해 보니 너희의 일이 곧 나의 일이기도 해. 주명상을 척살하는 일은 나의 소원이기도 하니까."

이유를 묻지 말라 했지만 능비로선 그럴 수가 없었다. 능비가 솔직한 이유를 묻자 장준은 능비를 한참 동안 진지하게 바라본 후에 이렇게 답했다.

"검마 어르신은 내 생명의 은인이야. 그분이 아니었다면 나는 백마총에 입총하지도 못했을 것이고, 화기산장의 재활도 감히 꿈꾸지 못했을 거야. 나는 네가 무엇을 하든 너를 도와줄 수밖에 없어. 이건 그분과의 약속이자 그분에게 빚진 은혜를 갚은 유일한 길이니까."

화기산장이 대정맹의 공격을 받아 멸문당했을 당시 장준은 열셋 어린 나이로 죽음 일보 직전의 상태에서 능파종에게 구함을 받았다. 능파종은 그때 장준을 제자처럼 아껴주고 나아가서는 백마총으로 직접 데려다 주었다. 능파종의 그 따뜻한 보살핌, 미래는 알 수 없었겠지만 결국 아비의 그 일로 인해 능비는 강호제일의 화기 능력자를 곁에 두게 되었다.

第二章
장안 회합

십이월의 첫날, 강풍을 동반한 눈발이 장안 도심에 휘몰아쳤다. 기온도 급강하하여 도심에선 인적이 거의 사라졌다. 싸늘한 겨울 도시의 모습은 강호의 침울한 분위기와도 관련이 있었다.

올해 하반기부터 천하가 아주 뒤숭숭했다. 대륙 각지에서 사건 사고가 연이어 터졌고, 대정맹은 강호 기강을 확립한다며 살벌한 감찰을 대대적으로 펼쳤다.

강호인들이 무엇보다 불안했던 것은 대정맹을 긴장하게 만든 사건 중에서 제대로 밝혀진 사실이 하나도 없다는 것이었다.

진실은 감추어지고 정보는 왜곡되어진다. 물밑에서 모종의 작업이 진행되지만 대중은 알 수 없다. 거기에 대해 알려고 하는 사람들은 실종되거나 의문의 사고를 당한다.

강호는 이런 암울한 시대를 겪어본 적이 있었다. 일황의 말기 시대와 일패의 폭정 시대가 바로 그러했던 것이다.

물론 시대가 달라진 만큼 일황과 일패 같은 강압적 독재 정책은 사용되지 않았다. 하지만 그럼에도 그 속사정은 그다지 달라지지 않았다. 암울한 시대의 권력자들은 강압보다 더 교묘한 정책으로 강호를 장악하고 있었다.

장안 초원유곽.

장안 저자의 뒷골목에는 하류 계층이 애용하는 초원유곽이 있다. 이권이 없을 정도로 가난한 곳이라 대정맹의 무림문파에서도 관리를 거의 하지 않는데, 오후 무렵 방립을 깊이 눌러쓴 흑의여인이 휘날리는 눈발을 뚫고 그곳 안으로 들어섰다.

흑의여인은 육 척의 훤칠한 신장에 등에는 단창을 대각으로 걸어두고 있었다. 초원유곽이 아닌 다른 도시의 저자를 방문했다면 외형만으로도 행인의 주목을 꽤나 끌었을 그런 여성이었다.

초원유곽을 가로지른 흑의여인은 그곳 중심의 초원주점 앞에서 멈춰 섰다. 초원주점의 입구 양쪽에는 학사와 스님 복장의 중년인들, 이괴망종이 각각 위치해 있었다.

"방립을 벗고 마결단 밀서를 보이시오."

문망의 말에 그녀는 돌돌 말린 밀서를 소매에서 꺼내 불망에게 건넸다. 밀서를 꼼꼼히 확인한 이괴망종은 이제 흑의여인의 방립을 눈짓했다. 그녀는 방립을 벗고 이괴망종을 가만히 쳐다봤다.

"어?"

이괴망종이 순간적으로 멍하니 여인을 쳐다봤다.

흑요석 같은 눈빛, 오뚝한 콧날, 주사처럼 선명한 입술.

흑의여인은 강인한 외형과는 상반된 절색의 미모를 소유하고 있었다.

"철관음 여옥상. 흐음… 신분은 이상 없군요. 자, 들어가시지요. 마결단의 동지들이 오전부터 계속 기다리고 있었습니다."

문망이 그녀의 신분을 확인하곤 입구를 비켰다. 불망도 같이 옆으로 물러섰다.

흑의여인은 입구 앞에 다가서며 물었다.

"내가 마지막인가?"

"현재로선 그렇소. 다른 분들은 이삼 일 전에 모두 도착했소이다."

"백검마, 능비도 지금 안에 있는가?"

"으음……."

문망이 눈살을 찌푸려 여인을 노려봤다. 불망도 불쾌한 표정을 비췄다. 여인의 외모에 잠시나마 취했던 심정이 이 순간 조각조각 난다. 여인의 말투는 남자의 그것과 다름없다. 그것도 아랫사람을 상대하는 것 같은 불량한 어투다.

문망이 퉁명스레 답했다.

"마결단의 첫 회합이니 당연히 마결단의 수장도 있겠지."

"……."

흑의여인이 진한 눈빛으로 문망을 쳐다봤다.

내력이 실린 눈빛.

문망은 그녀의 눈을 마주 보지 못하고 고개를 돌렸다. 일종의 시험이다. 문망의 수준을 파악한 흑의여인은 희미하게 웃으며 초원주점 안으로 들어섰다.

여옥상이 주점의 문을 열고 안으로 들어섰을 때 주루 안에서는 능비, 해량, 이필, 혁사곽, 장군, 적양, 마요성, 곽방 등 여덟 명의 마도결사단이 원탁에 둘러앉아 회의를 하고 있었다.

원탁은 십이 인 좌석. 여옥상은 비어 있는 세 자리 중 하나를 골라 착석했다. 자리에 앉은 그녀는 능비를 시작으로 단원들에게 차례로 눈인사를 건넸다. 능비가 회의를 중단시키려고 하자 그녀는 조용히 고개를 저었다. 회의를 계속하라는 뜻이었다.

회의가 다시 재개됐다.

적양이 일어서서 말했다.

"동지들도 잘 알다시피 대정맹은 역대 최강의 정파 연합체입니다. 태원 총단의 대정맹주를 중심으로 백팔용정대군들이 강호십주를 완전히 장악하고 있습니다. 십주의 지역 병력은 둘째로 치더라도 태원의 방어 병력만 십만 대군입니다. 이런 상황에서 마도결사단이 정공법으로 태원을 함락시키고 대정맹주를 척살할 수는 없습니다. 마도가 몰락한 지금, 그런 정공법을 마결단이 사용하려면 적어도 십 년은 준비해야 할 것입니다."

오전부터 시작된 논의는 현재 두 시진에 이르고 있었다. 논의 시작에서는 적양이 마도결사단의 결성에 관한 의의를 논했고, 이어서는 줄곧 대정맹주의 척살에 관한 사안을 논의했다.

"지나친 비약이십니다. 마결단이 경계를 해야 할 무림인의 숫자로 국한한다면 십만 병력 중에서 상당수가 제외될 것입니다."

적양의 말에 이필이 반론을 제기했다. 일견 타당한 주장이기에 단원들 일부가 동조의 빛을 보였다.

적양은 이필을 잠깐 쳐다보곤 말을 이었다.

"물론 이필 형제의 주장이 틀리지 않습니다. 마결단의 활동을 위협할 일급 수준의 무인으로 국한한다면 위험 병력은 일천 명도 되지 않을 것입니다. 허나 앞에서도 논했듯, 그건 정천거사 이전의 무림 구도입니다. 대정맹에 통합된 후로 무림의 병력은 전부 정파의 병력입니다. 따라서 정공법으로 나선다면 십만의 병력이 가장 먼저 우리의 길을 저지하게 될 것입니다."

"흐음."

한숨 소리가 여기저기서 들려왔다. 적양의 주장이 옳은 것이다. 이필 역시도 산동에서 집단 대결을 해보았던 터라 더는 반론을 제기할 입장이 못 되었다.

적양이 다시 말을 이었다.

"대정맹주를 척살할 두 번째 수단은 저격 척살입니다. 소수 정예인 마결단의 입장에선 최상의 수단이라고 말할 수 있겠으나 결론적으로 이것 역시 불가능합니다."

혁사곽이 물었다.

"안 된다고 단정하는 이유가 무엇이지요? 적양 형님의 십리대궁은 마도 최강의 저격 병기라고 불리지 않습니까?"

마결단에서 혈우삼포와 가장 먼저 접촉한 이들은 이필과 혁사곽이었다. 성격이 강한 이들이라 능비가 내심 걱정했는데 의외로 이들은 혈우삼포와 어렵지 않게 아주 잘 어울렸다. 마도의 주류에서 배척된 동지란 뜻에서 통하는 것이 있었던 모양이다.

"대정맹주 주명상은 태원 총단의 천룡전에 있습니다. 천룡전까지는 방어일선 정무사단, 방어이선 정천사단, 방어삼선 정금사단을 통과해야 하는데 표적의 무력은 둘째 치고 거기까지의 거리만 삼십 리에 육박합니다. 따라서 장거리 저격을 할 최소한의 거리를 확보할 수가 없습니다."

곽방이 말을 이었다.

"저격 거리를 잡았다고 하더라도 십리대궁이 통하리란 확신을 못하지. 주명상의 십 장 주변으로는 대정십장이라는 열 명의 용정대군들이 철벽 방어막을 펼치고 있어. 하니 그들의 방어막을 먼저 와해시키지 않고서는 십리대궁이 아닌 백리대궁이라고 해도 실패로 돌아가게 될 거야."

십리대궁에 대해선 누구보다 잘 알고 있는 혈우삼포였다. 그들이 이렇게 주장할 때는 이미 결론이 났다고 봐도 무방함이다.

이필이 척살의 다른 방법을 거론했다.

"대정맹주를 척살할 또 다른 수단은 없습니까? 이를테면 독을 사용하는 것 같은……."

"독공의 사용 역시 현재로선 불가입니다. 알려지길 대정맹주는 만독불침의 경지에 거의 다다랐고, 그 점이 아니더라도 독을 사용하려면 대정맹주의 일상생활에 접근을 할 수 있어야 하는데 신분이 완전히 증명되지 않은 무인은 천룡전 안으로는 일체 들어갈 수 없습니다."

"하면 화탄으로 표적을 폭사시키는 것은 어떻습니까?"

이제까지 남의 주장을 줄곧 듣기만 하던 장준이 회의에 개입했다.

화탄을 말하자 좌중의 시선이 전부 장준에게 향했다.

여옥상 역시 장준을 의미심장하게 바라봤다. 장준이 마도결사단에 합류한다는 소식을 들었을 때 그녀는 상당히 꺼림칙하게 이를 받아들였다. 그녀가 알고 있기로 장준은 단체 생활에서 주변인들의 안위를 상관치 않는 위험한 사고의 소유자였다.

"화탄 역시 그다지 효력을 볼 수 없다고 생각합니다. 주명상의 무공과 대정십장의 철벽 방어막, 그리고 방어삼선을 뚫을 화탄이 과연 천하에 있겠습니까?"

장준이 골난 사람처럼 입을 비쭉 내밀었다.

"천멸신탄을 우습게보지 마십시오. 천멸신탄이 완성되면 놈들뿐만이 아닌 태원 총단을 한 방에 가루로 만들어 버릴 수가 있습니다."

이필이 눈살을 찌푸렸다.

"이봐, 장준, 과장이 너무 심한 거 아냐? 그런 화탄이 세상 천지에 어디에 있어. 그런 말은 저승에 가서 너네 화기산장의 가족들 하고나 해."

"흥! 병신 따위가 천멸신탄에 대해 알긴 뭘 알아?"

"뭐야! 백마총에서 퇴출된 주제에!"

이필이 벌떡 일어섰다. 장준도 동시에 사납게 일어났다.

둘의 분위기가 심상치 않자 능비가 급히 해량에게 눈짓을 보내 중재에 나서게 했다.

"마도결사단이 첫 회합을 하는 자리야. 단원들 서로가 존중을 해야 하지 않겠어?"

"으음."

"흐음."

해량의 말에 장준과 이필이 기세를 꺾고 자리에 착석했다.

마결단 어느 누구도 해량을 함부로 상대하지 못했다. 해량은 노련했고, 노련한 만큼의 강한 실력을 소유했다. 그는 젊은 영웅들을 어떻게 관리해야 하는지 아주 잘 알고 있었다.

분위기가 진정되자 적양이 다시 회의를 이어갔다.

"동지들의 답답한 심정을 모르는 것이 아닙니다. 정공법 불가, 저격 척살 불가, 음독 척살 불가, 화탄 사용 불가, 이렇듯 표적을 척살할 수단이 우리에겐 마땅히 없습니다. 그만큼 우리의 적은 강하고, 또 우리는 적들에 비해 약하다는 것을 의미합니다. 다만 한 가지 분명히 말할 수 있는 것은 마결단이 이제 첫발을 내딛었다는 것입니다. 현재는 비록 암울해도 미래의 마도결사단에는 분명 희망이 있을 것입니다. 우리 모두 마도 천하의 그날까지 일심으로 단결합시다."

적양이 강하게 말하며 자리에 착석했다. 좌중의 분위기가 진지해졌다. 적양의 말뜻을 모르는 이는 이 자리에 아무도 없었다.

능비가 일어나 회의를 일단 중지시켰다.

"수고하셨습니다, 적양 형님. 형님의 말처럼 우리는 멀지 않은 시기에 대정맹주를 처단할 방법을 찾게 될 것입니다. 이상, 이어지는 회의는 한 식경 후에 재개토록 하겠습니다."

휴식이란 말에 단원들이 하나둘 일어나 회의장 밖으로 나갔다. 여옥상은 이때 능비를 진하게 주시하며 자리를 지켰다. 일어났던 능비는 그녀의 눈빛에 이끌려 다시 자리에 착석했다.

여옥상이 능비를 주시한 그 모습으로 말했다.

"널 이렇게 다시 만날 수 있다니… 정말 반가워."

"……."

"고마워. 마도인의 버림을 받고도 이렇게 마도의 사명을 잊지 않아주어서."

"……."

"그리고 축하해, 검마의 검을 성취한 것을."

"……."

반갑고, 고맙고, 축하한다.

듣고 있자니 낯이 상당히 가려워지는 말들인데 이어지는 그녀의 말에서 능비는 그만 분위기가 확 깨져 버렸다.

"자식, 멋지게 컸네. 이젠 정말 남자 같아."

"응? 자식?"

능비는 떨떠름한 눈으로 여옥상을 쳐다봤다. 여옥상은 그런 능비를 보며 남자처럼 화통하게 웃었다.

"하하! 자꾸 그렇게 쳐다만 보고 있을 거야? 오랜만에 친구를 만났으면 최소한 손이라도 맞잡고 인사를 해주어야 하는 거 아냐?"

여옥상이 일어나 능비에게 먼저 손을 내밀었다. 능비는 엉겁결에 같이 일어나 여옥상의 손을 잡았다. 성별을 뛰어넘는 여옥상의 어투와 적극적 행동이 곤혹스럽다. 능비를 더욱 당혹스럽게 하는 일은 두 사람의 모습을 본 이필과 혁사곽의 투덜댐이었다.

"철관음의 마력에 남자 하나가 또 홀리는구나."

"킬킬, 이참에 한번 안아달라고 그래."

이필과 혁사곽은 여옥상의 행위를 당연하게 받아들였다. 여옥상을 동성의 친구처럼 편히 상대하는 모습이었다.

여옥상은 둘의 놀림에 개의치 않았다. 그녀는 능비를 진중하게 바라보며 전날의 일을 솔직하게 거론했다.

"널 그렇게 남겨두고 온 후로 나, 많이 후회했어. 그때의 일을 진심으로 사과할게."

여옥상의 눈빛과 말에는 진정성이 담겨 있었다. 여옥상이 어떤 성향의 여자인지 뒤늦게 이해가 된 능비는 감정의 표현 대신 피식 웃었다. 그러자 여옥상도 밝게 웃으며 원래 자리에 착석했다.

한 식경의 휴식 시간이 지나고 회의가 다시 재개됐다. 능비는 논의에 앞서 원탁 좌석을 둘러봤다. 빈자리는 전부 세 자리. 화선마 남정과 냉약빙, 그리고 환마 구휘의 자리였다.

적양이 말했다.

"남정 단원은 현재 설산에 있습니다. 그곳에서 북빙궁주를 직접 만나고 있는데, 조금 전 주급으로 날아온 보고에 따르면 북빙궁주가 마결단 합류에 응했다고 합니다. 설산은 천 리 길도 넘는 곳이니 그 두 분을 만나보려면 보름은 넘게 기다려야 할 것 같습니다."

남정의 행선지는 능비도 모르지 않았다. 냉약빙을 설득함에 남정을 보낸 것도 실은 능비 자신이 결정한 일이었다. 그가 지금 원탁을 둘러본 이유는 환마 구휘의 부재 때문이었다.

이필과 혁사곽의 집요한(?) 설득 끝에 구휘도 마결단에 합류한 상태였다. 하지만 능비는 초원유곽에 온 후로 구휘와 한 번도 대면하지 못했다. 회합 자리에서는 볼 수 있으리라 여겼지만 구휘는 지금 이 순간까지 모습을 보이지 않고 있었다.

이필이 능비가 누구를 찾는지 알고는 말했다.

"찾을 필요 없어. 놈은 이렇게 여러 명이 모인 자리에서는 절대 나타나지 않아."

"왜?"

"일반적으로 하나의 공간 안에서 모습을 감출 수 있는 사각의 위치는 한 사람의 시선에 국한돼. 만약 두 사람이 마주볼 경우 사각의 위치는 거의 존재하지 않게 돼. 녀석 같은 경우는 워낙에 특이하고 또 잠영환술이 경지에 올라 두 시선 안에서도 사각의 공간을 만들어 모습을 감춰. 하지만 그런 놈도 세 사람 이상이 머문 자리에선 사각의 공간을 만들지 못해."

능비는 이필의 말을 뒤늦게 이해했다. 제아무리 유령 같은 인간이라도 주점 안에서는 몸을 숨길 사각의 공간을 찾지 못했을 것이다.

"오늘 이 자리에서만큼은 녀석을 꼭 보고 싶었는데… 섭섭하군."

능비가 아쉬워하는 모습을 보이자 혁사곽이 피식 웃으며 말했다.

"걱정 마. 넌 녀석을 보지 못해도 놈은 너의 얼굴을 아주 잘 보고 있을 테니까."

"응? 그건 또 무슨 말이야?"

"녀석에겐 잠영환술만 있는 게 아냐. 놈은 타인의 눈을 속이는 은신환술도 경지에 이르렀어. 놈은 아마도 주점 어딘가에 은신해서 우리의 모습을 지켜보고 있을 거야."

잠영환술에 이어서 은신환술까지 나왔다. 능비는 기가 막힌 심정으로 주점을 면밀히 둘러봤다. 하지만 이상한 징후는 어느 곳에서도 발견되지 않았다.

능비는 곽방에게 도움을 청했다.

"곽방 형님, 형님이 한번 찾아봐 주세요."

곽방의 사문은 백보귀장술로 유명한 구밀류. 곽방의 능력이라면 구휘를 찾을 수도 있겠다는 생각인데 능비의 그런 말에 곽방은 씁쓸한 미소를 머금으며 고개를 저었다.

"가능하지 않아. 환사문은 환영 유파로서 전날의 배교와 쌍벽을 이룬 마도 단체야. 그곳의 환술은 내 사문의 기예와 차원이 달라. 따지자면 구밀류는 환사문에서 갈라져 나온 방계 문파라고 할 수 있어. 구휘 형제의 존재를 알고 싶으면 음성을 요구해 봐. 환사문의 은신환술은 은신 중에도 말을 할 수 있으니까."

곽방의 말에 따라 능비가 음성 확인을 해보려고 하자 혁사곽이 그것까지 말렸다.

"해볼 필요 없어. 놈은 존재를 드러낼 어떤 행동도 하지 않아."

"얼굴을 보자고 하는 것도 아닌데 굳이 그럴 필요까지는 없잖아? 그렇게 자신을 드러내기 싫어하는 성격인 거야?"

"딱히 그런 건 아냐. 녀석도 가끔은 남들의 앞에 자신의 흔적을 드러내는 것을 즐겨. 다만 놈이 지금 이 자리에 나타날 수 없는 이유가 있어. 그 이유는……."

혁사곽이 여옥상의 눈치를 살피며 말끝을 흐렸다. 여옥상은 지금 예쁜 눈매를 잔뜩 찌푸리고 있었다.

"킥킥! 점! 엉덩이의 예쁜 점!"

이필이 돌연 웃었다. 그러자 혁사곽도 그만 웃음을 참지 못하고 쿡쿡 댔다.

"하긴 그놈이 아니라면 우리가 철관음의 엉덩이에 예쁜 점이 있다는 것을 어찌 알 수 있었겠어."

쾅!

여옥상이 원탁을 주먹으로 내려치며 말했다. 이어서 화가 바짝 난 얼굴로 소리쳤다.

"닥쳐! 그 자식은 내게 잡히면 죽어! 껍질을 통째로 벗겨 버릴 거야."

구휘의 백마총 목간 훔쳐보기 사건.

대상자는 냉약빙과 여옥상.

예전에 그 이야기를 들은 적이 있기에 능비도 구휘가 몸을 극구 숨기는 이유를 뒤늦게 깨닫게 됐다. 능비로선 웃을 수도 없고 그렇다고 여옥상을 위로할 수도 없는 입장이다.

입장이 곤란하자 능비는 논의를 서둘러 재개시켰다.

"적양 형님, 마결단의 조직 확대는 어떻게 진행되고 있습니까?"

"현재 마결단은 태원작전을 독립적으로 진행할 전력을 구축 못하고 있네. 조직 확대가 느린 주원인은 강남의 마도맹과 전력 구성이 서로 겹치기 때문이네."

태원작전은 마결단의 핵심 단원만으로 진행할 수 없다. 핵심 단원의 활동을 받쳐 줄 마도인들이 필요하다. 그래서 그간 적양은 강북과 강남을 돌며 마결단의 활동을 도울 마도인들을 은밀히 모집해 왔다.

"역시 예상대로 마도맹이 문제이군요."

마도를 대표하는 단체는 강남의 마도맹이다. 천하의 마도인들은 그런 마도맹의 노선에 직간접적으로 영향을 받고 있다. 게다가 마결단은 아직 공인된 마도 단체가 아니다. 때문에 적양이 접촉한 마도 인사들은 마결단 합류를 결정함에 앞서 하나같이 마결단과 마도맹의 관계를 먼저 물어왔다.

이필이 말했다.

"마도맹의 눈치를 봐야 할 입장이라면 차라리 마도맹과 단절을 선언하는 것이 좋지 않을까?"

혁사곽도 동의했다.

"나도 그렇게 생각해. 난 죽으면 죽었지 그놈들과는 한 배를 탈 생각이 없어."

마결단과 거리를 두겠다는 심정은 이필과 혁사곽뿐만이 아니다. 이 자리에 모인 단원들 중에 마도맹과 원만한 관계를 유지한 이는 아무도 없다.

능비가 말했다.

"나도 물론 너희와 같은 심정이야. 허나 우린 마도의 영광이란 대의로서 결집했어. 아무런 명분 없이 우리가 먼저 마도의 분란을 일으킬 수는 없어."

여옥상이 말했다.

"가장 큰 문제는 마검후야. 아무리 마도맹의 노예 전사로 전락했어도 마검후는 마도의 엄연한 적자. 그런 마검후가 마도맹에 몸을 담고 있는 한 우리는 마도맹에 반대하는 어떤 행동도 함부로 할 수 없어. 그랬다간 마도의 배신자로 즉각 규정될 거야."

무거운 분위기 속에서 이필이 말했다.

“아무튼 난 마도맹에 고개를 숙이지 않아. 혈마와 금마 무리를 생각하면 지금도 이가 뿌득뿌득 갈릴 정도야.”

능비가 생각 끝에 이 사안을 결정했다.

“마도맹과의 관계는 일단 보류해 두겠어. 다만 마도맹이 우리를 적으로 규정한다면 그땐 우리도 그들과 끝장을 볼 거야.”

끝장을 본다는 능비의 말에 단원들이 진한 숨결을 흘려냈다. 자고로 외부의 적보다 내부의 적과의 다툼이 더 치열한 법이다. 그런 일이 벌어지면 둘 중 하나가 반드시 말살되는 마도내전이 벌어지고 말 것이다.

회합의 여러 안건이 그렇게 정리되고 있었다. 마결단의 활동은 이제 시작인만큼 뚜렷하게 결론 난 것은 없지만 단원들은 이런 모임을 가졌다는 사실 자체에 큰 의의를 두었다.

능비가 회의를 마치는 말을 하였다.

“지금 우리의 선결 과제는 마결단의 조직 확대입니다. 단순히 양적인 확대를 의미하지는 않습니다. 마도 천하의 의의를 진정으로 알고 있는 마도의 용사들을 중심으로 포섭해야 한다고 봅니다. 따라서 다음번 이차 회합 시기까지 단원들 전부가 마결단 조직 확대에 일심으로 나서주시기 바랍니다.”

능비가 맺음말을 했지만 회의는 아직 끝나지 않았다. 능비에 이어 여옥상이 회의를 다시 연장시키는 물음을 던지고 있었다.

“마결단의 태원작전을 진행함에 꼭 있어야 할 존재들이 보이지 않는 것 같아. 아직 구하지 않은 거야, 아니면 참석하지 않은 거야?”

능비는 여옥상의 말뜻을 잘 몰랐다.

“무슨 말이지? 꼭 필요한 존재들이라니?”

여옥상은 답하기에 앞서 이필과 혁사곽을 돌아봤다. 그들도 알고 있는 사안인 모양이었다.

“몽마들이 보이지 않아. 대정맹주를 척살하는 일에 적어도 한 명의 몽마는 있어야 하지 않겠어?”

“몽마?”

능비는 그게 무엇을 의미하는지 몰랐다. 몽마에 관한 설명은 이필이 하였다.

“몽마는 대정맹주를 척살하는 일을 계획하고 모의 실험하는 이들을 뜻해.”

“모사가들 같은 존재야?”

“그것과는 성격이 조금 달라. 몽마는 마도의 사명을 완수하고자 그것만 연구하고 또 설계해. 물론 몽마 중에는 단순히 몽마의 역할만이 아닌 모사가로서 출중한 개인 능력을 보이는 이들도 있어.”

그러고 보면 능비의 기억에도 몽마라 불린 이들의 흔적이 남아 있었다. 백마총에 있을 당시 무공 수련은 도외시하고 하루 종일 무언가를 홀로 사색하는 이들이 있었다. 당시에는 그저 배경을 믿고 백마총에 들어온 인간들인 줄 알았는데 이제 보니 그런 모습이 바로 몽마로서 수련을 다하고 있는 것이라 할 수 있었다.

"백마총에서 키운 몽마들은 전부 열 명이었어. 백마총 탈출 과정에서 여섯이 죽었는데, 문제는 그중 살아남은 네 명이 전부 마도맹의 소속이란 거야. 마도에서는 몽마들을 마도십마만큼이나 소중히 관리해. 그래서 너에게 굳이 말하지 않았어."

이필의 말을 들은 능비는 실망의 기색을 잠깐 드러냈다. 생각해 보면 몽마 같은 설계자는 대업을 이룸에 꼭 필요하다고 할 수 있었다. 일당천의 절정고수, 원거리 저격수, 화탄 사용자, 잠입자 등 작전에 투입할 단원은 선발되어 있지만 정작 이들의 능력을 하나로 모아 작전을 진행할 설계자가 없었다. 오늘의 회합이 미진하게 끝나는 것도 실은 거기에 원인 되어 있었다.

여옥상이 말했다.

"마결단에 합류할 몽마가 아주 없는 것은 아냐. 얼마 전 마도맹에서 관리하던 네 명의 몽마 중에서 하나가 금마와 심각하게 다투고 마도맹에서 나왔어. 마도맹에서는 지금 그 몽마를 마도의 배신자로 규정하고 추살령을 내린 상태야."

눈비는 눈을 빛냈다.

"그런 일이 있었어?"

"응. 오늘의 회합에 내가 늦은 이유도 실은 그 몽마를 만나고 왔기 때문이야."

"그가 누군데?"

"숙돈(宿豚) 초소명."

초소명이란 말에 이필과 혁사곽이 동시에 탄성을 토했다.

"아! 초소명!"

"정말 초소명이라고?"

반응이 예사롭지 않다. 초소명이 보통의 인물이 아님을 말하는 것이리라.

여옥상이 초소명에 관해 말을 이었다.

"초소명은 마도제일의 병법 가문인 초가보 출신으로 천재들만 모인 몽마 중에서도 독보적인 기재로 인정받았어. 초소명이 우리 조직에 합류한다면 마결단은 지금보다 서너 배는 더 전력이 상승될 거야."

능비는 확인 차원에서 이필과 혁사곽을 돌아보며 물었다.

"너희도 그렇게 생각해?"

"물론이지! 난 이제껏 살아오면서 그놈만큼 머리 잘 굴리는 인간은 본 적이 없어."

"나도 그래. 난 세상에서 그놈이 제일 무서워. 그놈과 적이 되면 언제 설계당할지 몰라 하루하루를 불안하게 살아가게 돼. 오죽하면 마도맹에서도 추살령을 내렸겠어."

능비는 그들의 고무된 반응만큼 초소명에 대해 만족했다. 당장에라도 초소명을 마결단에 합류시키고 싶은 심정이었다. 그는 여옥상을 쳐다보며 물었다.

"초소명을 만나보았다고 했는데 녀석의 반응은 어때? 마결단에 합류하겠대?"

여옥상은 고개를 저었다.

"누가 오란다고 해서 무조건 몸을 움직이는 인간이 아냐. 초소명은 무엇을 하든 확신이 들지 않으면 아무것도 하지 않아."

"그럼?"

"일단 너를 만나보고 결정하겠대."

"나?"

"일종의 시험이지. 너를 통해 마결단의 능력을 확인해 보겠다는 뜻이야."

능비는 생각하고 말 것도 없이 바로 결정했다.

"좋아, 내가 직접 녀석을 만나보겠어. 녀석은 지금 어디에 있지?"

여옥상은 그럴 줄 알았다는 듯 진하게 눈을 깜짝이며 답했다.

"섬서 강창. 대원각 도박장."

第三章
잠자는 돼지 초소명

황하 강변에 인접한 섬서 강창은 강북제일의 도박 도시이다. 정파 무림인들의 강세가 워낙에 대단한 지역이라 역대로 마도인들은 지역에서 그다지 큰 활동을 하지 못했다. 정파 무림인들이 장악했다고 해서 지역이 평화스러운 것은 아니다. 실상은 그 반대다. 도시의 뒷골목에서는 도박, 절도, 강도, 폭행 등 각종의 범죄가 하루를 멀다 하고 벌어진다. 뿐만 아니라, 청탁, 사기, 청부 살인 등 가진 자들의 특수 범죄도 빈번하게 횡행한다. 치안이 사라진 도시. 도덕이 사라진 도시. 도둑과 강도는 도시의 음침한 뒷골목에만 있지 않다. 이 도시에서 부자의 십중팔구는 도둑놈이자 도박꾼이고 강도들이다. 거물 도둑놈과 거물 강도를 잡을 정직한 무림 관리는 이 도시에서 더욱 찾을 수가 없다. 이권이 걸리지 않으면 움직이지 않는 그들. 그들이야말로 진짜 도둑들이고 강도들이다.

강창 대원각.

강창에서 판돈의 규모가 크기로 소문난 도박장이다. 이곳에서 거래되는 하루 판돈은 거의 십만 냥. 어지간한 재력의 소유자는 하루도 버티지 못한다. 물론 재력이 없어도 얼마든지 도박장에서 버티는 인간들도 있다. 출중한 도박 실력을 자랑하거나 천운을 타고난 인간들이다.

최근 대원각에서 가장 크게 회자되는 인물이라면 단연 이 사람이다.

숙돈 초소명.

일명 잠자는 돼지다.

초소명이 대원각에 출현한 것은 약 한 달 전이다.

당시 그는 대원각에서 문전박대를 당할 정도로 행색이 초라했다. 실제 초소명은 그 당시 도박 자산으로 은전 스물다섯 냥이 전부였다. 대원각의 판돈 규모를 감안하면 스물다섯 냥으로는 하루는커녕 한 시진도 버티지 못한다. 초소명이 워낙에 간절히 입장을 부탁했기에 대원각의 사람들은 불쌍한 촌놈에게 도박의 천국을 한번 구경시켜 준다는 생각으로 입장을 시켜주었다.

대원각에 들어간 초소명은 대소(大小)로 승패가 갈리는 주사위 도박판으로 향했다. 마작이나 투전 같은 도박판은 눈길도 주지 않았다. 대소 주사위 판은 초심자도 간단히 배울 수 있는 도박. 그러기에 다른 곳에 비해 도박을 하는 사람들과 판돈의 규모가 현저히 작았다.

초소명은 그곳에서 무려 열 시진도 넘게 한판의 도박도 하지 않고 버텼다. 밥도 먹지 않았고, 잠도 자지 않았다. 도박업주가 '거지 같은 놈이 자리만 축치고 있다' 라고 성화를 부려도 굳건히 자리를 지켰다.

초소명이 주사위 도박에 참여한 것은 꼬박 하루가 지난 다음날이었다. 그는 수전병에 걸린 사람처럼 덜덜 떨리는 손으로 자신의 전 재산인 스물다섯 냥을 몽땅 '소' 에 걸었다. 도박하는 사람의 입장에서 보면 이는 아주 미련한 짓이었다.

"보아하니 스물다섯 냥이 전부인 것 같은데, 단판에 승부를 걸지 말고 판돈을 줄여 여유있게 도박을 해보시오."

"내 이제껏 당신 같은 사람을 수도 없이 보았소. 잃고 나서 황하로 가 괜히 죽고 살기를 따져보지 마시고 어서 돈을 되돌리고 집으로 돌아가시오."

초소명이 너무도 딱해 보여 주변인들이 도박 경험에서 나온 여러 조언을 해주었지만 초소명은 승부 금액을 줄이지도 되돌리지도 않았다.

"저는 이제껏 천운과는 거리가 먼 인생을 살아왔습니다. 그렇다고 도박의 실력이 남다른 것도 아닙니다. 저는 되든 안 되든 이 한판으로 삶을 결정할 생각입니다. 아쉬움은 없습니다. 승부에서 지면 깨끗하게 황하에 뛰어들 것입니다."

초소명의 착잡한 중얼거림 속에서 주사위가 돌아갔다.

도박의 방식은 주사위 세 개를 통 속에서 굴려 총합이 팔을 넘기면 대(大), 그렇지 못하면 소(小)다. 잠시 후 통 속의 주사위 세 개가 사람들의 눈앞에서 고정됐다.

일, 이. 삼.

합이 육.

주사위 숫자의 합은 '소'였다.

"야호! 내가 이겼어!"

초소명은 기쁨의 환호성을 토했다. 눈물까지 줄줄 흘렸다. 도박을 하던 주변인들도 이 순간만큼은 진정으로 그를 축하해 주었다.

한판의 도박을 끝낸 초소명은 오십 냥을 받은 후에 대원각을 잽싸게 빠져나갔다. 그때의 그의 모습을 본 사람들은 초소명이 두 번 다시 대원각에 나타나지 않으리라 생각했다.

그러나 초소명은 이틀 후 사람들의 예상을 깨고 대원각에 다시 나타났다. 그리고 이전처럼 주사위 판을 오랫동안 주시하곤 소에 가진 돈의 전부를 걸었다. 이전과 달라진 점이라면 승부의 시점이 다섯 시진으로 짧아졌다는 것이고, 판돈이 어제의 두 배, 오십 냥으로 커졌다는 것이다.

"하! 이번에도 한판이야? 미쳤군! 쥐뿔도 없는 놈이 물귀신이 되려고 아주 작정을 했군!"

"미친 게 아니라 멍청한 거야! 도박의 도 자도 모르는 놈들이 간혹 저 지랄을 한다고!"

초소명에게 향했던 전날의 동정표는 한판의 무모한 도박 승부에 씻은 듯이 사라졌다. 사람들은 무모한 도박자의 말로를 보고자 초소명의 주사위 판을 주목했다.

이윽고 통 속에서 돌아가던 주사위가 멈추었다.

일, 삼, 삼.

주사위의 합은 칠.

"야호! 또 이겼다!"

초소명은 어제처럼 기쁨의 환성을 토하고는 판돈을 잽싸게 챙겨 도박장을 빠져나갔다. 사람들은 그런 그의 뒷모습을 떨떠름한 얼굴로 쳐다봤다. 하루에 딱 한판을 하면서 두 배의 판돈을 불린다. 삼 일 내내 벌건 눈으로 지새우고도 본전에 급급한 그들 입장에선 보면 기가 막힐 일이었다.

하류 인생에게 백 냥은 적은 돈이 아니다. 그래서 도박장의 사람들은 초소명이 다시는 나타나지 않으리라 여겼다. 그러나 초소명은 이틀 후 어김없이 도박장에 출현해 전날처럼 백 냥을 한판에 내걸었다.

"또! 또! 한판에 몽땅 걸었어!"

사람들이 웅성대며 초소명의 주위로 모여들었다. 잠시 후 도박장에 엄청난 환호성이 터졌다. 일, 이, 이. 천운이 세 번이나 연속으로 이어진 것이다.

"우아아아! 정말 기가 막히는 도박 운이다!"

사람들은 비록 감탄을 하긴 했지만 이때까지도 초소명이 천운을 타고난 초보 도박꾼이라고만 여겼다. 그러면서 세 번 그 이상은 천운이 이어지지 않으리라 단정했다.

그러나 이틀 후 도박장으로 다시 나온 초소명은 도박 전문가들의 예상을 깨고 또 주사위 도박에서 승리했다.

하루에 한판. 전 재산의 승부. 하루의 휴식.

이런 날들이 장장 한 달 동안이나 이어졌다. 도박 전적은 십오전 십오승. 초소명은 한판도 지지 않았고, 그런 사이에 판돈은 사십만 구천육백 냥이란 엄청난 금액으로 변했다.

천운이 한 달 동안 이어진 적은 전례에 없다. 사람들은 이제 초소명을 초보 도박자로 절대 생각하지 않았다. 그들은 초소명을 재야의 도신, 실력을 감춘 전문 도박사로 여겼다. 그가 대원각에 나타날 시각이면 평상시의 열 배도 넘는 사람들이 도박장으로 몰려들었다. 인근의 도박장에서 상주하던 전문 도박꾼들도 그의 주사위 도박을 관전하고자 대원각으로 앞 다투어 들어왔다.

엄청난 돈을 도박으로 벌어들인 초소명은 그때부터 대원각의 최고급 숙소에서 귀빈처럼 생활했다. 그의 생활에서 한 가지 의문스런 점은 그가 도박을 할 때를 제외하고는 하루 종일 숙소에 머무른다는 것이었다. 그의 일거수일투족은 도박꾼들의 초관심사. 그가 숙소에서 무엇을 했는지는 사나흘이 지난 뒤에야 알려졌다.

잠.

그는 한판의 도박을 하는 시간 외에는 줄곧 잠을 잤다. 어떤 날은 식사도 하지 않고 잠을 잤다. 도박의 연승 성적만큼 경이로운 수면 시간인데 먹고 자는 것 외에 신체 활동량이 전혀 없는 탓에 한 달 사이에 그는 대원각에 처음 왔을 때보다 체중이 두 배로 불었다.

도신숙돈. 잠자는 돼지.

도신이라는 명호 뒤에 숙돈이라는 자랑스럽지 않은 호칭이 붙은 연유이다.

초소명의 도박은 최근에 대원각의 경영을 위협할 정도로 진행됐다. 십이전을 넘겼을 무렵, 강창의 유지인 호금산이 초소명의 주사위 도박에 뛰어들어 오만 냥이라는 거금을 함께 걸어 거액을 챙겼다. 그 이후 강창의 유지들은 물론이고 일반

손님들까지 모조리 초소명의 한판 도박에 동참했다. 십오전이 벌어지던 당시에는 한판 도박에 삼백만 냥이라는 초유의 판돈이 걸렸다.

—이대로는 대원각이 파산한다! 조치를 취해야 한다!

대원각주 손금랑은 초소명에게 정중히 떠나줄 것을 요청했다. 심정으로 하자면 당장 몽둥이질을 해서 쫓아버리고 싶겠지만 손님들의 눈치를 봐야 할 도박장의 업주로서 차마 그럴 수가 없었던 모양이다.

초소명은 손금랑의 청을 받아들였다.

"이틀 후, 유종의 미를 거두는 차원에서 마지막으로 한판을 하고 떠나겠소. 이것마저 막는다면 그땐 평생토록 대원각의 도박귀신이 될 것이오."

숙돈의 마지막 한판.

이 소식은 강창의 모든 도박장에 파다하게 퍼져 나갔다. 사람들은 그날의 한판을 대비해 너도나도 돈을 준비했다. 떠도는 말에 의하면 내일모레 죽을 날을 받아둔 노인마저도 돈을 준비했다고 한다.

능비와 여옥상이 초소명을 찾아온 날은 바로 그 역사적인 한판 승부가 벌어지는 날의 아침이었다.

초소명은 대원각의 삼층 귀빈실에서 잠을 자고 있었는데, 능비와 여옥상이 귀빈실로 들어왔음에도 도통 일어날 생각을 하지 않았다.

"저 돼지가 초소명이야?"

능비는 짜증스런 눈으로 침상을 노려봤다. 임신부 같은 뱃살. 눈, 코, 입의 형체를 가린 볼 살. 돼지 한 마리를 침상에 올려둔 것 같았다.

"게으른 인간아, 당장 안 일어나!"

여옥상이 침상으로 바짝 다가가 소리쳤다. 그녀는 초소명이 눈을 뜨지 않자 거대한 뱃살을 향해 인정사정없이 주먹을 내려찍었다. 잠이 확 깰 만큼 힘이 실린 주먹이건만 초소명은 그래도 눈을 뜨지 않았다. 대신 초소명은 뱃살을 한번 긁적이더니 숙소 벽면을 손으로 가리켰다. 벽면에는 서찰 한 장이 붙어 있었다.

일. 함부로 주먹질을 하는 년은 죽인다!

이. 함부로 숙돈의 존안을 노려보는 놈도 죽인다!

"주먹질을 하는 년? 뭐야, 이거, 지금 나보고 그런 거야?"

"노려보는 놈이라고? 기가 막히는군!"

능비와 여옥상은 뜨악한 눈길을 교환했다.

서찰의 경고 글귀.

자신들을 가리킨 것 같은 기분이다.

서찰 맨 아래에는 경고의 의미와 조금 다른 글도 적혀 있었다.

숙돈과 친구가 되려면 다음의 과제를 수행해야 한다. 과제는 중앙 탁자에 놓여 있다.

능비는 중앙 탁자로 눈을 돌렸다. 그곳에도 서찰이 하나 놓여 있었다. 서찰엔 역시 짧고 함축적인 내용이 적혀 있었다.

일(一). 강창 북로에는 정의문이라는 무림순찰부가 있다.

이(二). 정의문주는 강창대인 마금상이다.

삼(三). 마금상은 예전 일패의 시대에서 대인 척살 전문단체인 수라문에서 활동했던 사파 무인이다.

사(四). 한 달 전 강창 지역에서 미소녀가 강간, 살인당한 미해결 사건이 하나 있다. 올해만 벌써 일곱 차례다.

오(五). 사건이 해결되지 않는 이유는 고양이에게 생선가게를 맡겼기 때문이다.

육(六). 그 사건의 흉수 중 한 명을 마도의 이름으로 심판하라.

주의:과제 확인과 동시에 정의문에도 같은 정보가 배달된

다. 따라서 마금상이 달아나기 전에 과제를 해결해야 한다.
과제 처리까지 남은 시각은 한 식경이다.

서찰을 읽어본 능비는 여옥상을 돌아보며 물었다.

"그러니까 지금 나보고 이것을 해결하라는 건가?"

"그럼 셈이지."

"정말 이 짓거리를 해야 돼?"

"나야 뭐 모르지. 자, 그럼 알아서 하라고."

자기 일이 아니라는 듯 여옥상이 탁자의 좌석에 앉았다.

능비는 여옥상과 초소명을 마뜩찮게 흘겨보곤 뒤돌아섰다. 등 뒤에서 여옥상의 음성이 들려왔다.

"한 식경이야. 빨리 움직여야 할걸."

능비는 방문이 아닌 창문을 향해 걸어가며 말했다.

"그 인간 깨어나면 전해, 시험은 이번이 마지막이라고. 다음번에 또 이러면 그땐 돼지 껍질을 벗겨 버린다고."

그 말을 끝내자마자 능비는 창문을 뚫고 밖으로 뛰어내렸다.

'과제라고? 흥! 원하는 대로 해주지!'

창문을 뛰어내린 능비는 곧장 저자의 북쪽 방면으로 내달렸다. 과제 해결의 시간은 한 식경. 그것을 해결해야 하는 이유는 모른다. 지금 그에게 중요한 것은 표적의 모가지를 잘라 게으른 돼지의 아가리에 처박아주는 일이다.

'오십 장 전방 정의문.'

정의문의 위치는 어렵지 않게 찾았다. 저자의 중심을 지나자 북문 방면에 대정맹의 깃발이 줄줄이 매달린 건물 한 채가 보이고 있었다. 건물의 입구에는 '무림순찰부' 라는 편액도 걸려 있었다.

능비는 입구의 경비를 살펴봤다.

열댓 명의 건장한 무인들이 정문의 좌우를 막고 있었다.

경비의 동의를 구할 상황이 아니다.

'그냥 뚫어.'

그는 결단과 동시에 오른손을 등으로 돌려 검갑의 상단부를 툭 건드렸다. 검갑이 열리며 여섯 자루의 검이 등에 장착됐다. 그는 그중 두 개의 검 백검과 흑검을 뽑아 좌우측 요대에 각각 걸었다. 전투 무장. 육절검마로의 변신. 이 모든 것은 달리는 동작 중에 일어난 일이었다.

정의문까지 십 장.

전방의 경비무사들이 그의 모습을 발견하곤 소리쳤다.

"정, 정지!"

파아아앙!

대답 대신 능비의 허리에서 묵광이 번쩍였다. 경비무인들이 와르르 바닥으로 쓰러졌고 이어서는 능비가 정문을 육탄으로 박살 내며 정의문 안으로 들어갔다.

'본관은?'

능비는 달리던 도중 정의문의 내부 구조를 살폈다. 연무장을 중심으로 여섯 채의 전각이 전방에 세워져 있었다. 그는 그중 가장 크기가 큰 중앙의 전각으로 치달렸다.

"뭐야, 저건?"

순찰부 무인들이 연무장 곳곳에 있었다. 그들은 능비의 질주를 맹한 눈으로 주시할 뿐 아직 사태를 파악하지 못했다. 능비는 중앙 전각이 가까워지자 황검을 빼들고 전방으로 휘둘렀다. 폭음과 함께 강렬한 뇌전이 중앙 전각의 입구를 깨부쉈다.

"적! 적이다!"

"기, 기습이다!"

그제야 사태를 파악한 순찰부 무인들이 병기를 뽑아 들었다. 그러나 그들이 무엇을 어떻게 해보기도 전에 능비는 정의문 본관으로 들어가 버렸다.

쾅!

본관으로 들어간 능비는 우선적으로 가장 가까운 위치의 문을 발로 차고 들어갔다.

"모두 동작 그만!"

"응?"

능비의 갑작스런 난입에 업무를 보고 있던 무인들이 그만 멀뚱한 얼굴로 동작을 중지했다. 능비는 그들의 모습을 일괄적으로 살펴보곤 그중의 한 명을 지목했다.

"너, 나와!"

지목된 무인이 동료를 슬쩍 돌아보더니 탁자에 올려둔 검으로 손을 뻗었다.

"흥!"

지목된 자의 손목 위로 유섬초식의 묵광이 번쩍였다. 막을 수도 없고 피할 수도 없다. 지목된 무인은 순식간에 손가락이 잘려 나갔다. 능비는 유섬을 날린 후에 바로 앞으로 달려가 지목된 자의 머리털을 움켜잡았다.

투투투투!

사방에서 병장기를 뽑아 드는 소음이 들려왔다. 능비는 코웃음 치며 백검을 뽑아 허공을 길게 갈랐다. 벽면이 종이처럼 싹둑 갈라졌다.

"우우!"

무인들의 동작이 멈췄다. 검공의 위력은 둘째 문제다. 백검에서 공간을 얼려 버릴 한기가 분출되어 나온다. 행정무인에 불과한 그들로서는 빙란검의 한파를 이겨낼 무력이 없다.

능비가 백안을 번뜩이며 말했다.

“살고 싶으면 전부 대가리를 바닥에 박아. 발가락 하나라도 움직이는 놈은 그 즉시 모가지를 자를 것이야.”

빙란검을 일으킨 능비의 살벌한 모습. 산동의 천망군단도 덜덜 떨었거늘 이류무인에 불과한 그들이 어찌 능비의 살벌한 위압을 이겨낼 수 있을까. 능비의 말이 끝나자마자 무인들은 전원 바닥에 머리를 박았다.

저항의 모습이 보이지 않자 능비는 지목자의 머리털을 잡은 채 업무실의 문을 나갔다. 문을 나온 능비는 통로의 여러 문을 가리키며 물었다.

“마금상의 집무실은 어디지?”

“네?”

두려움에 취한 나머지 상대는 능비의 말을 잘 알아듣지 못했다.

“두 번 물음은 없다. 정의문주의 집무실은 어디냐?”

능비는 물음과 함께 번쩍대는 백안을 무인의 코앞에 들이밀었다. 무인은 넋이 나간 얼굴로 통로 한곳을 가리켰다.

“저, 저기!”

통로 우측 끝, 반월형의 문.

능비는 마금상의 집무실이 확인되자 무인을 바닥에 내던지고 그곳으로 달려갔다.

“와아아아!”

무너진 본관 입구로 연무장의 무인들이 뒤늦게 쏟아져 들어왔다. 잔챙이들과 싸울 만큼 시간이 넉넉하지 않다. 능비는 홍검을 빼들어 통로 바닥에 내리찍었다. 본관 건물이 통째로 흔들리더니 검붉은 불길이 실내를 뒤덮었다.

남은 것은 이제 마금상의 목.

능비는 마금상의 집무실, 반월형의 문을 박살 내며 안으로 들어갔다.

일각 전, 정의문주 마금상의 앞으로 발신인이 없는 한 통의 부고장이 전달됐다.

애도 마금상 부고.

죄명:미소녀 납치 살인 사건 연루.

판결:즉결!

조언:살 수 있는 방법은 오직 하나! 부고장을 받는 즉시 백 리를 도망가도록.

부고장에는 동전 한 닢이 들어 있었다. 조의금이라는 뜻이었다.

"어떤 놈이 이딴 것을 보냈어? 누구야! 당장 잡아와! 당장 그 미친 새끼를 잡아와!"

마금상은 화난 얼굴로 부고장을 받아온 서기를 쫓아 보냈다. 서기가 나간 후에 마금상은 좀 전과 다르게 얼굴이 딱딱하게 굳었다. 내용은 괘씸하지만 단순히 응징으로 끝낼 상황이 아니었다. 죄명이 미소녀 납치 사건 연루이다. 누군가가 그 사건에 대해 아주 잘 알고 있다는 뜻이다.

"여주로 가서 방각을 만나봐야겠어. 정보가 새어 나갔다면 그곳뿐이야."

마금상은 초조한 심정으로 대책을 강구해 보았다. 살고 싶으면 당장 도망가라는 조언은 조금도 머리에 담아두지 않았다. 그렇게 일각 정도 지났을 때였다. 갑자기 큰 폭음과 함께 집무실이 크게 뒤흔들렸다. 이 정도 충격파라면 본관 건물 전체가 영향을 받았을 것이다.

'지진인가? 벼락인가? 혹시?'

충격파의 원인을 따져 보던 마금상은 탁자 위의 부고장을 문득 쳐다봤다. 어쩌면 장난이 아닐 수도 있었다. 마금상은 벽에 걸린 자신의 병기 수라도를 꺼내 들곤 문으로 뛰쳐나갔다.

그때였다.

쾅!

문이 박살 나더니 흑의인 하나가 안으로 불쑥 들어왔다.

'살수!'

마금상은 흑의인을 보자마자 수라도를 휘둘렀다. 적과 아군을 따져 볼 상황이 아니었다. 지금 그의 목숨이 위협받고 있었다.

파앙!

흑의인의 얼굴 앞에서 불꽃이 튀겼다. 흑의인의 손에는 청검이 들려 있었다. 마금상은 청검의 검력에 밀려 비틀비틀 물러났다.

'고수!'

일검 격돌에서 마금상은 기혈이 역류하는 심정을 맛보았다. 정면 승부로는 안 된다고 판단되자 마금상은 창문 쪽을 힐끗 돌아보곤 그곳으로 몸을 던졌다.

"어딜!"

흑의인이 재빨리 퇴로를 막아섰다. 상대거리는 불과 삼보. 탈출로가 막히자 마금상은 전력을 다해 수라도를 흑의인에게 내려쳤다.

차앙!

수라도가 청검에 막혔다.

흑의인이 병기를 맞댄 자세에서 무표정하게 중얼댔다.

"그만 죽어, 같이 놀아줄 시간 없으니까."

오른손 청검으로 수라도를 막은 상태에서 흑의인이 흑검을 왼손으로 빼들었다.

스극!

흑검이 마금상의 목을 지나갔다.

마금상은 눈을 감기 직전 탁자의 부고장을 아쉽게 쳐다봤다.

조언:살 수 있는 방법은 오직 하나! 부고장을 받는 즉시 백 리를 도망가도록.

조언을 그대로 따랐다면 목숨은 부지할 수 있었으리라.

* * *

대원각 삼층 귀빈실.

초소명이 육중한 몸을 침상에서 일으켜 여옥상을 마주 봤다. 여옥상은 그사이 화주 한 병을 시켜 천천히 마시고 있었다.

초소명이 말했다.

"난 이해할 수 없어."

"뭐가?"

"철관음이란 여자는 마도맹이 아니더라도 능히 마도의 깃발을 세울 수 있는 존재야. 그런 네가 왜 스스로 남의 밑에 들어가려고 하지?"

여옥상은 술병을 내려놓고 피식 웃었다.

"남의 아래가 아냐. 마결단은 마도의 사명을 달성하고자 하나로 모인 동지들이야."

"상하가 없다고 하더라도 조직에는 엄연히 관리자가 있어. 지금 마결단의 관리자는 육절검귀 능비야. 네가 보기에도 능비가 그렇게 특별한 존재인가?"

"특별하다기보다는 묘한 매력이 있는 남자이지. 그와 같이 있는 사람들의 가슴을 흔들거든."

남자의 매력이란 말에 초소명이 눈살을 찌푸렸다.

"철관음의 입에서 그런 말을 듣게 되다니 기분이 아주 더럽군. 안 보던 사이에 성적 취향을 바꾼 건가?"

성적 취향.

백마총에서 여옥상은 여성을 대함에 남성적인 성향을 자주 드러냈다. 그래서 여옥상이 몸은 여자, 정신은 남자라는 말도 떠돌았다.

여옥상이 좌석에서 일어났다.

"잡소리 하지 말고, 네 입장이나 밝혀. 넌 이제 넌 어떻게 할 거야?"

초소명도 침상에서 일어났다. 늘어진 뱃살이 강물처럼 출렁거렸다.

“당연히 너를 따라가야지. 장가도 못 가보고 홀아비 되기는 싫으니까.”

“흥! 꿈 깨. 너 같은 돼지는 죽었다가 깨어나도 내 취향이 아냐.”

“킬킬, 그러면 살 빼면 받아줄 거야?”

그들이 농을 주고받고 있을 때 귀빈실의 문이 열리며 능비가 들어왔다. 능비의 손에는 인두 하나가 들려 있었다.

능비는 인두를 초소명에게 획 던지며 말했다.

“살 빼고 싶으면 내게 말해, 비곗살을 삭둑삭둑 잘라줄 테니까.”

초소명은 인두를 받아 작은 상자에 챙겨 넣곤 능비의 앞으로 걸어갔다.

“정식으로 인사하지. 난 초소명이야. 이름을 부르긴 싫으면 그냥 숙돈이라고 불러.”

능비는 초소명을 쳐다보던 눈을 여옥상에게 돌렸다.

여옥상이 생글 웃었다.

의외로 쉽게 초소명이란 존재를 포섭했다. 왜인지 모르지만 여옥상이란 존재 때문에 초소명이 마결단에 들어온 것 같았다.

“능비라고 해. 앞으로 잘해보자고, 게으른 돼지.”

인사는 좋다. 그런데 끝의 말은 영 초소명의 마음에 들지 않는다.

“그렇게 부르지 마. 숙돈이라고 불러.”

“알았어, 게으른 돼지.”

“씨!”

초소명이 인상을 구겼다.

여옥상이 그 모습을 보곤 깔깔 웃었다.

대원각 도박장.

도박장 개장 이래 최대의 인파가 객장에 몰렸다. 이 시각 대원각 밖에서도 엄청난 숫자의 사람들이 줄을 서서 대기했다.

사람들의 관심에 부흥코자 대원각도 오늘 하루는 숙돈의 주사위 판을 제외한 어떤 도박판도 열지 않는다고 선언했다.

객장의 실내 배치도 주사위 도박판 위주로 변형을 주었다. 객장 중앙에 삼백 명 이상이 참가할 수 있는 초대형 주사위 판이 만들어졌고 그 상단으로 지역의 유지들 및 대원각의 관계자 좌석이 줄지어 놓여졌다.

주최측의 암수는 애초에 불가능하다. 이 한판을 지켜보고자 강창 지역에서 내로라하는 도박사들이 전부 모였다. 주사위를 돌리는 업주의 손이 아무리 빠르다고 해도 그들 전부의 눈을 속일 수는 없다. 만약 주최측이 암수를 사용하다가 발각되면 그날로 대원각은 사망각이 되고 말 것이다.

도박이 벌어질 예정 시각은 정오.

정오가 되자 사람들이 일제히 환호성을 토했다. 금빛 장삼을 입은 초소명이 객장 안으로 걸어 들어오고 있었다. 도박장에 처음 출현할 당시의 초라했던 모습은 완전히 사라져 있었다. 초소명은 강호의 어느 고관대작 못지않은 풍모를 선보이고 있었다.

초소명이 좌석에 앉았다. 초소명의 좌우에는 두 남녀, 능비와 여옥상이 보표처럼 기립했다.

"지금부터 도신 숙돈의 마지막 한판을 시작하겠소이다! 오늘은 특별히……."

대원각주 손금량이 초소명과의 한판 도박에 임하는 성명을 발표했다. 이어서 참관자들의 인사 과정도 지루하게 이어졌다. 능비와 여옥상의 입장에선 지루하다 못해 하품이 나올 일이었다.

여옥상이 말했다.

"도박을 하는 주제에 별짓을 다 하고 있어. 야, 이거 꼭 해야 돼? 그냥 가면 안 돼?"

능비도 같은 심정이었다.

"조금 있으면 강창에 비상경계령이 발동될 거야. 그러면 이곳도 안전하지 못해.”

초소명은 두 사람과 다르게 느긋한 자세를 유지했다. 그런 한편으로 두 사람을 은근히 도박에 끌어들였다.

“오늘의 한판을 하고자 한 달 동안 강창에서 도귀 생활을 해왔는데 당연히 유종의 미를 찍어야겠지. 참, 너희도 돈 있으면 이 한판에 투자를 해봐. 이건 비밀인데 내가 조금 전 아주 기똥찬 꿈을 꾸었어.”

“꿈? 무슨 꿈?”

“금빛 바다를 헤엄치는 꿈이었지. 가도 가도 끝이 없는 황금의 바다였지.”

황금빛 바다에 빠지는 꿈. 이른바 횡재수를 말함이다.

“정말로 황금의 바다란 말이지…….”

여옥상이 그 말을 듣더니 가슴속에서 비상금을 꺼냈다. 백냥 정도 되는데, 여옥상은 여기에 만족하지 않고 능비에게도 손을 내밀었다.

“가진 것 있으면 전부 내놔 봐. 내가 다른 것은 몰라도 저 인간이 꾸는 예지몽 하나는 믿어. 이 기회에 우리도 재산이나 좀 불려보자고.”

“으음.”

능비가 반신반의하는 눈으로 초소명을 째려봤다. 초소명은 자신만만한 미소를 지어 보였다. 잠시 후 능비는 신체 여기저기를 뒤져 금화 열여섯 냥을 꺼내 여옥상에 건넸다. 은전으로 가치를 따지면 거의 이백 냥이다.

초소명이 킬킬 웃었다.

"잘 생각했어. 내가 너희를 곧 부자로 만들어줄 거니까 기대하라고."

그들이 이런저런 대화를 하던 사이에 손금랑이 공식적인 과정을 끝내고 본격적으로 도박에 나섰다.

"오늘은 도박판의 진행자로 본인이 나서겠습니다. 자, 도신께서는 판돈을 거시지요."

손금랑이 말과 함께 주사위 통을 돌리기 시작했다. 도박판에서 잔뼈가 굵은 사람이라 그런지 주사위 통을 돌리는 솜씨가 예사롭지 않았다.

초소명이 전낭에서 전표를 꺼냈다. 전표에는 사십만 구천육백 냥이란 금액이 적혀 있었다. 초소명은 도박판을 잠시 주시하고는 확인 차원의 물음을 던졌다.

"승부 후에 지급은 틀림이 없겠지요."

손금랑은 화통하게 웃었다.

"염려 마시오. 강북제일의 거상인 중원전장이 대원각의 판돈을 보증하고 있소. 게다가 난 평생을 신용 하나로 살아온 몸이오. 내 사전에 부도란 있을 수 없소."

"흐음."

주변인들도 이들의 대화를 들었다. 내심 꺼렸던 한 가닥 심정까지 지워지자 사람들은 너도나도 돈을 꺼내 들었다. 사람들은 이제 초소명의 결정을 주시했다. 이윽고 초소명이 사십만 구천육백 냥짜리 전표를 들더니 '소'의 자리를 향해 던졌다. 이번에도 역시 한판 승부였다.

"와아아아아!"

사람들이 일제히 탄성을 토했다. 그러더니 너도나도 소에 판돈을 걸기 시작했다. 소의 자리에는 전표를 비롯해 금전, 은전이 산더미처럼 쌓였다. 일견해도 삼천만 냥은 넘는다. 대원각의 역사 이래 최대에 이르는 기념비적인 판돈이다.

투루루루루. 툭툭툭.

주사위 통이 요란스럽게 돌아간다. 사람들은 숨을 죽인 채 주사위 통을 주시했다. 여옥상과 능비도 주사위 통을 주시했다. 아무리 도박에 문외한이라고 해도 비상금까지 탈탈 털었으니 관심을 안 기울일 수가 없다.

탁!

이윽고 주사위 통이 멈췄다.

손금랑이 덜덜 떨리는 손으로 주사위 통을 열었다.

확인된 주사위 세 개.

삼, 육, 육.

합이 십오. 결과는 대.

"으아악!"

누군가 비명을 질렀다.

허무하게 날아간 삼천만 냥!

사람들이 원망 어린 눈으로 초소명을 노려봤다.

여옥상과 능비도 예외가 아니었다.

초소명이 머리를 긁적이며 일어났다.

"에허! 도박을 하면 질 때도 있지 왜들 그래. 난들 맨날 이기란 법이 어디에 있어."

그걸 변명이라고 하는가. 원망의 시선은 이제 태워 죽일 것 같은 눈빛으로 변한다. 이럴 때는 빨리 자리를 뜨는 게 최선이다.

"자, 그럼 나는 갑니다. 다음에 봅시다."

이 말을 끝으로 초소명은 부리나케 자리를 떴다.

대원각을 나온 초소명은 그 길로 십 리를 내달려 인근의 산골 마을로 숨어들었다. 위험 지역을 벗어났다고 해서 아직 안심할 단계는 아니다. 한판 도박판에 가장 불만이 많은 인물이 초소명의 바로 옆에 붙어 있었다.

여옥상이 독 오른 음성으로 소리쳤다.

"야, 인간아! 당장 내 돈 돌려줘! 그게 어떤 돈인데 감히 사기를 쳐!"

능비도 불만이 있기는 마찬가지였다.

"황금빛 바다를 헤엄치는 꿈? 흥! 황금빛 바다가 아니라 똥물에 빠진 거겠지!"

"자꾸 그러지 마라. 니들은 푼돈이지만 나는 장장 사십만 구천육백 냥이나 잃었다. 본전 생각은 내가 더하다고! 아아! 내돈! 내 사십만 구천육백 냥!"

말은 그렇게 하지만 초소명은 하나도 아쉽지 않은 표정이었다. 한 번씩 낄낄 웃는 모습까지 보였다. 이유는 잠시 후에 밝혀졌다. 마을의 우물가에서 잠시 물을 마시고 있을 때 사두마차 한 대가 그들의 앞으로 다가왔다.

"뭐야, 저건?"

여옥상의 의심스런 눈길 속에서 사두마차의 문이 열렸다. 문안에는 손금랑이 타고 있었다.

손금랑이 초소명에게 손짓했다.

"숙돈께서는 어서 마차에 오르시지요."

초소명이 주변을 힐끗 살피고는 재빨리 마차 안으로 들어갔다. 능비와 여옥상도 떨떠름한 심정으로 마차에 올랐다.

마차 안에서 초소명과 손금랑은 짧게 대화를 나누었다.

"뒷일은 걱정 마십시오. 제가 뒤탈이 없도록 충분히 조치를 하겠습니다."

"대원각주께서도 그간 수고가 많으셨습니다. 참, 내 몫은 준비되었겠지요?"

"여부가 있겠습니까. 마차 뒤의 자리에 칠 대 삼으로 정확히 분배해 두었습니다. 알고 계시겠지만 저희 대원각이 칠입니다. 그럼… 편안한 여행이 되시기를."

손금랑이 마차에서 내려 어디론가 사라졌다.

마차 안은 잠시 동안 침묵을 유지했다. 무슨 상황이었는지는 마차 뒤에 실린 전표와 금화로 충분히 설명되었다.

여옥상이 눈을 흘기며 말했다.

"이 사기꾼! 이제 보니 대원각을 설계했구나!"

초소명이 낄낄댔다.

"킥킥, 설계를 당하는 놈들이 멍청한 거야. 내가 무슨 재주로 전승의 도박을 이루겠어."

"아무리 그렇다고 해도 어쩜 우리까지 속일 수 있어!"

이 말에는 능비도 동감인데 초소명은 생각이 많이 달랐다.

"완벽한 설계를 하려면 주변 사람부터 먼저 철저히 속여야 돼. 너희는 잘 모르겠지만, 도박장에서 너희의 행동을 주시하는 눈들이 상당히 되었어. 너희가 조금이라도 이상한 행동을 했다면 한판 도박은 성공하지 못했을 거야."

"으음."

능비는 마뜩찮은 숨결을 흘렸다. 이해는 되는 주장이지만 기분은 별로 좋지 않았다. 초소명이 그런 능비의 어깨를 툭

쳤다.

"기분 풀려면 뒷자리를 한번 봐. 우린 이제 부자가 된 거라고!"

자고로 부자 싫은 인간 없다. 능비는 실소를 머금고 말았지만 여옥상은 생전 처음 보는 큰돈이라며 아예 뒷좌석으로 자리를 옮겨 전표와 금화 속에 몸을 묻었다.

한동안 그렇게 운행한 후에 능비가 문득 물었다.

"왜 마금상을 척살하라고 했지? 단순히 나를 시험하고자 했던 일은 아닌 것 같은데……. 그것도 네 설계 속에 포함된 수순이야?"

"그건 다음번의 설계를 위한 초기 작업이야. 기대를 해도 좋아. 내 인생에서 처음이자 마지막이 될 진짜 대형 설계이니까."

무슨 뜻인지 알 수 없다. 능비가 짐작을 전혀 못하는 눈치이자 초소명이 피식 웃으며 말을 이었다.

"조금만 기다려 봐. 여기서 멀지 않은 곳에 내 설계의 시작지가 있어. 그곳에 가서 설명할게."

"어디인데?"

초소명은 그 말을 끝으로 눈을 감고 잠을 청했다. 초소명의 그런 모습에 능비도 더는 묻지 않고 창밖으로 고개를 돌렸다.

우중충한 날이었다. 금방이라도 하늘에서 눈이 내릴 것 같왔다.

마차는 이백 리를 더 달린 후에 섬서 북부의 화태산 인근에서 운행을 멈추었다.

"여기야. 내리자."

초소명이 마차에서 내렸다. 능비와 여옥상도 뒤따라서 내렸다. 초소명은 전방 대지를 가리켰다. 대지의 사방으로 화태산의 울창한 산세가 둘러싸고 있었다.

초소명이 감탄한 얼굴로 주변 대지를 돌아보며 말했다.

"어때? 훌륭하지?"

"뭐가?"

"대정맹과 맞서 싸울 문파를 세울 장소로 말이야."

"문파를 세운다고?"

무슨 계획인지 도무지 알 수 없다.

초소명은 능비를 진중히 쳐다보며 말했다.

"현 천하에서 대정맹주를 척살하는 일은 불가능에 가까워. 특히 태원에 포진한 십만 대군을 그대로 두고서는 접근조차 불가능해. 따라서 우리는 대정맹주를 척살하기 위해서 우선적으로 태원의 병력을 밖으로 빼돌려야 돼. 여기는 바로 그 일이 시작되는 장소야."

여옥상이 물었다.

"그러니까 이곳에 마도 문파를 세워 태원의 병력을 출동시키게 한다는 거야?"

"비슷해. 태원의 병력이 이곳으로 출동하면 우린 그때 거꾸로 태원으로 잠입할 거야. 물론 거사의 구체적인 설계는 따로 해야겠지."

능비가 반론을 제기했다.

"그 계획이 성공하려면 대정맹과 맞설 수 있는 힘이 있어야 해. 우리에게 과연 그런 문파를 세울 여력이 있을까?"

"물론 우리에게 그런 전력이 있을 리가 없지. 마도맹도 마찬가지야. 그런 전력이 있었다면 강남에 벌써 총단을 마련했을 거야. 이곳에 세울 문파는 마도 단체가 아니라 정마를 초월한 무림 연합 단체야."

"정마 연합?"

"물론 그 단체는 실제적 전력을 갖춘 문파로서가 아니라 태원거사를 하기 위한 일종의 연막 단체로 활용될 거야."

"하면?"

"이 설계에서 핵심은 태원거사야. 따라서 대정맹과 맞설 수 있는 최소한의 방어 전력만 갖추면 돼. 예상하기로 대정맹의 공격을 한 달 정도 막아낼 수 전력이면 된다고 봐."

삼십 일을 막을 수 있는 전투력.

말은 쉽지만 그런 전투력을 소유한다는 자체가 아득한 일이다.

여옥상이 어이없다는 얼굴로 말했다.

"말도 안 돼. 기습을 받았다지만 전날의 마도련도 겨우 이틀을 버텼어. 우리가 그런 문파를 세우려면 적어도 십 년은 준비해야 돼."

초소명은 담담히 말했다.

"염려 마. 십 년을 일 년으로 단축할 방법이 내게 있어."

능비가 흥미로운 얼굴로 물었다.

"그게 뭐지?"

"무상검문."

여옥상이 멈칫하고는 다시 물었다.

"무상검문? 혹시 대벌막에 맞섰던 그 무림 최강의 방어 문파?"

"그래, 맞아. 상대가 무상검문이라면 대정맹도 함부로 공격을 못해. 대정맹은 적어도 보름은 철저히 작전 계획을 세운 다음 공격할 것이야. 무상검문은 보름 동안만 막으면 되는 경우이지."

무상검문이 확실하다면 대정맹도 쉽게 공략하지는 못한다.

의기대천(義氣大天) 무상검문.

무림사 최고의 수치를 남긴 대벌막의 침공에서 중원의 자존심을 가장 오랫동안 지킨 문파는 소림사도 아니요, 화산파도 아니요, 무당파도 아니었다. 그 단체는 섬서의 비밀 문파인 무상검문이었다. 무상검문은 당시 섬서 무인들을 자파로 결집시켜 대벌막의 전면적인 공격을 장장 일 년 동안이나 철벽으로 방어해 냈다. 후에 대벌막주 야소뢰는 무상검문에 관해 이렇게 말했다.

"정말로 강한 단체로다. 화공도 돌격전도 기마전도 아무것도 안 통한다. 중원에 무상검문 같은 단체가 하나만 더 있었다면 우리는 퇴각을 신중히 고려했을 것이다."

대벌막에 멸문되긴 했지만 그때 무상검문이 선보인 방어력은 무림의 역사에 고스란히 남았다. 오천 명의 전투력으로 십만의 공격을 일 년 동안이나 막아낸 방어 전력. 무림사는 그들에 관해 이렇게 단정적으로 서술했다.

무상검문 같은 최강의 방어 단체는 과거에도 미래에도 나오지 않는다!

여옥상이 의문스런 얼굴로 물었다.

"내가 알기로 무상검문은 대벌막에 의해 멸문되었어. 시간을 되돌릴 방법이 없거늘 무상검문을 오늘의 우리가 어찌 되살릴 수 있겠어?"

여옥상의 주장이 틀리지 않는다. 능비는 조금 더 의문을 진행시켜 물었다.

"숙돈의 계획은 무상검문의 명성을 빌려 대정맹을 속이자는 뜻일 거야. 성공 가능성이 아주 없는 것은 아닌데 그 경우 한 가지 문제가 있어. 우리가 세울 문파 역시 최소한 보름 동안은 무상검문에 근접하는 방어 전력을 갖추어야 한다는 거야."

두 사람의 연이은 물음에 초소명은 잠시 침묵했다. 그런 다음 여옥상의 물음은 논외로 두고 능비의 물음에만 답했다.

"없다면 지금부터 만들면 돼. 그리고 일단 만든 다음에는 대정맹의 천하에 반대하는 무림인들이 스스로 찾아오게 할 거야."

능비는 아직 이해하지 못했다.

"단순한 결집은 의미가 없어. 네 계획이 실행되자면 무엇보다 무상검문으로서의 모습을 보여야 돼. 우린 그 문파에 대해 아무런 정보가 없다고."

초소명이 눈을 반짝이며 말했다.

"있어, 무상검문을 되살릴 사람이."

능비와 여옥상이 동시에 반문했다.

"응? 있다고?"

"누구?"

"정협(正俠) 목예추."

"……!"

능비와 여옥상은 이채를 띠었다. 정협 목예추. 이름을 자주 들어본 적이 있는 정파의 거물이다.

"목예추는 독고선보다 먼저 주명상에 맞선 정파의 인물이야. 그리고 이건 나만 알고 있는 비밀인데, 목예추는 무상검문의 비전을 이은 유일한 후계자이기도 해."

능비가 반신반의하며 물었다.

"그 사람은 지금 어디에 있는데?"

"화천 마뇌옥."

"마뇌옥? 일패가 연금된 그곳 말이야?"

"응. 목예추의 잠재 능력이 두려워 주명상이 그곳에 감금해 버렸어."

침묵이 잠깐 돌았다. 장소를 알았지만 목예추를 탈출시킬 마땅한 수단이 없다. 마뇌옥은 태원 총단만큼이나 침입하기 힘든 곳이다.

초소명이 계획을 밝혔다.

"이달 말까지 마결단을 전원 소집시켜 줘. 마뇌옥 침투 작전은 내가 설계하겠어."

결정은 능비의 몫. 능비는 잠깐 생각해 본 다음 결정을 내렸다.

"게으른 돼지의 마결단 첫 신고식이야. 멋지게 한번 설계를 해보라고."

"후후, 고맙다, 이 부지런한 돼지를 믿어주어서."

말과 함께 초소명이 손을 내밀었다. 능비가 그 손을 맞잡았고, 이어서 여옥상도 같이 손을 잡았다. 눈과 눈이 만나고 가슴과 가슴이 서로 통한다. 이 순간 그들은 하나의 감정으로 뭉치고 있다.

마차는 다시 남쪽으로 향했다. 다음 행선지는 초소명이 밝히지 않았다. 능비는 마차에 오른 후에 한동안 초소명을 진하게 바라보며 무언가를 생각했다. 초소명의 행보와 관련된 생각이었다.

능비가 침묵을 깨고 물었다.

"네게 묻고 싶은 것이 있어."

"뭘?"

"마도맹을 왜 나왔지? 네 계획을 실천하자면 마결단보다 마도맹이 훨씬 더 유리한 조건이지 않았겠어?"

핵심을 찌르는 질문이다. 여옥상도 이 점은 궁금한 듯 초소명을 흥미롭게 바라봤다.

초소명이 말했다.

"아무리 유리한 조건을 갖추었어도 마도의 참된 열정이 없다면 성공하지 못해. 그들과 같이 있을 때면 난 여기가 타오르지 않았어. 이제 와 생각해 보면 마도맹은 강자가 아냐. 그들에겐 참된 마도인으로서 의기도 열정도 없어. 그런 정신으로는 또 다른 일패의 무리가 될 뿐이야."

가슴이 타오르지 않는다.

능비는 그 말의 의미를 되씹어보며 자신의 가슴을 만졌다.

뜨겁지는 않지만 한 가지는 확실했다.

동료와 같이 있으면 그의 가슴이 뛴다는 것.

'그래, 나쁘지 않아. 이런 기분…….'

그는 희미하게 미소를 지으며 창밖으로 시선을 돌렸다.

마차 밖으로 함박눈이 쏟아지고 있었다.

第四章

독심포두와 인자무걸(仁者武杰)

금룡반점 폭파범 장준은 그 사건 이후로 강호에서 자취를 감추었다. 독인표가 대정맹의 지역 순찰망을 총가동하여 장준의 행적을 뒤쫓았지만 별 소용이 없었다.

보통의 포두라면 그 시점에서 강호에 수배 전단을 뿌리는 것으로 사건을 일단락 짓고 수사 이선으로 물러날 것이지만 독인표는 그렇게 하지 않고 처음부터 다시 사건을 재수사했다. 장준을 찾을 수 없다면 그 사건과 관련된 장준의 주변 인물을 조사한다는 것이었다.

처음엔 막막했다. 수사 시점을 어디에 두어야 할지도 잘 몰랐다. 그러던 중에 사건 당일의 무창 사건일지를 꼼꼼히 재검토하는 과정에서 그만 이게 나왔다.

무창 소망석교 왕가 거지 주거 파손 집단 청원!

거지들의 일을 봐줄 만큼 한가한 처지가 아니지만 독인표는 이 사건을 주목했고, 결국 거기에서 장준으로 추정되는 인물과 접선한 사파의 무인들을 포착하기에 이르렀다.

"불망과 문망. 이괴망종이란 말이지……."

이괴망종이란 사파의 수배자들과 인상착의가 구할 이상 일치했다. 소망석교에서 생활하는 거지들의 증언도 들었다.

"처음엔 세 사람, 젊은 남자와 중년 남자 두 명이서 소망석교에 올라 모종의 이야기를 나누었습니다. 그러다가 무언가를 던져 저희들 집을 박살 내었는데 그 후에 흑의를 입은 중년인 하나가 더 나타나 젊은 남자를 일방적으로 폭행했습니다. 지켜본 우리의 심장이 쪼그라들 정도로 무자비한 폭행이었지요."

장준을 일방적으로 폭행한 의문의 흑의중년인.

그 중년인에 대해서는 아무것도 알 수 없었다. 독인표는 일단 흑의중년인에 관한 사안은 접어두고 이괴망종의 움직임에 초점을 맞추었다.

소망석교 다음으로 이괴망종은 무창 포구에서 흔적을 드러냈다. 저자에서 식자재를 구입해 소형 어선에 올랐다는 것이다.

"뱃길! 맞아, 그래서 육지로는 놈들의 흔적을 전혀 찾을 수 없었던 거야."

일단 흔적을 발견하게 되자 수사에 탄력이 붙었다. 독인표는 그날 무창 포구에 정박했던 어선을 전부 조사해 이괴망종이 승선한 어선을 기어코 찾아냈다.

형주 황가선.

형주에 주거지를 둔 황씨의 어선이었다.

독인표는 황씨의 신분 조사와 함께 강남의 모든 포구에 황가선을 검거하라고 긴급 수배령을 내렸다. 그런데 닷새 후에 강남이 아닌 뜻밖의 지역에서 황가선의 행적을 찾게 되었다.

하남성 단강.

장강과 황하를 잇는 내륙수로의 중앙 기착지, 바로 단강 포구였다.

'강북으로 올라갔다는 말인가? 왜? 또 무슨 일을 하려고?'

금룡반점 폭파에 연관된 자들을 모조리 잡아들이겠다고 작심한 독인표였다. 독인표는 그 즉시 강북으로 올라가 황가선을 추적했다. 금룡반점 사건이 벌어진 지 정확히 사십오 일이 되던 날이었다.

*　　*　　*

하남성 단강 포구.

오물이 뒤섞인 물이 수로를 흐르고 있었다. 수로의 좌우측 습지엔 쥐들이 떼로 몰려다니며 죽은 동물을 뜯어 먹고 있었다. 냄새도 고약해 수로를 지나가는 사람들은 하나같이 코를 막고 있었다.

수로를 넘어가는 육교에서 오물을 내려다보고 있는 독인표의 표정도 그다지 좋지 않았다. 환경적인 요인이라기보다는 내륙수로 자체가 마음에 들지 않아서였다.

주명상의 업적이라는 내륙수로는 공사 완료 십 년이 지난 오늘날에 이르러 업적으로서의 가치를 상실해 버렸다. 각종의 오수가 넘쳐흐르는 썩은 물이 되었고, 수로가 지나가는 주변 지역은 생태계가 파괴되고 돌림병이 만연하는 환경으로 변했다. 선박을 운행시킨다는 수로의 원래 목적도 지금에 와서는 의미가 무색해져 버렸다. 여름엔 물의 흐름이 막혀 홍수를 일으키는 단초가 되었고, 겨울에는 수량이 말라 선박 운행을 제대로 할 수 없었다. 보수 공사를 한다고 매년 땅을 파고 수로를 확장해 보지만 업자들만 배불리는 일이 될 뿐 민들의 삶에는 아무런 도움이 되지 않았다.

“권력의 욕심이야. 그때 막았어야 했어. 되돌리기에는 이미 너무 늦었어.”

예전에 독인표의 아버지가 사석에서 주명상을 비판하며 그런 말을 한 적이 있었다. 독인표는 그때 무공 수련에 전념한다고 그 사안에 대해서 깊게 생각해 보지 않았다. 하지만 그 후에 추포무관 생활을 하면서 권력이 민의 삶을 어떻게 황폐화시키는지 똑똑히 알게 되었다. 내륙수로는 권력자의 욕심이 낳은 바로 그 대표적 행위였다.

“삼룡 대협! 이화정으로 오라고 했더니 여기에 있었네그려!”

육교 너머에서 비단옷을 멋들어지게 차려입은 오십대 중년인이 독인표를 부르며 걸어왔다. 단강의 수로를 관장하는 대정맹 하남 지부 행정어사 주평강이었다.

독인표는 주평강을 힐끗 쳐다보았을 뿐 상관의 예를 취하지 않았다. 주평강이 비록 하남 서열 오위의 거물급 인사이기는 하나 그 자리는 그의 사촌, 주명상이란 존재 때문에 꿰찬 자리였다. 능력도 없고 덕도 없는 고위 관료들. 배경만으로 고위직 자리를 점한 자들. 독인표가 제일 싫어하는 부류들이었다.

“자자, 여기서 이럴 것이 아니라 이화정으로 가세. 대정맹을 빛내는 삼룡이 직접 단강을 방문했다는 말에 지역의 인사들이 모두 한자리에 모여 연회를 준비했다네."

독인표의 표정이 굳었다. 기분으로 하자면 수로의 오물 속에 저 인간을 당장 처박아 버리고 싶은 심정이다.

"저는 지금 공무 수행 중입니다. 유흥 자리에 참석할 만큼 한가하지 못합니다."

"유흥 자리? 어허, 이 사람, 대정맹의 인맥을 넓힐 수 있는 자리이네. 자네라고 해서 만년 추포관으로 살아갈 수는 없지 않겠는가? 자, 이러지 말고 어서 가세. 단강의 최고 미녀들도……."

주평강의 입에서 짜증스런 말이 계속되자 독인표는 사무적인 어조로 용건을 바로 말했다.

"두 달 전에 황가 어선이 단강의 수로를 통과했다는 보고를 받았습니다. 단강 수로의 선박일지를 직접 확인해 보고 싶습니다."

"황가 어선?"

"금룡반점 폭파와 연관된 범인들의 어선입니다."

"흐으음…… 알겠네. 내 그리 조치하겠네. 하니 일단 이화정으로 가세. 자네가 굳이 싫다면 내 연회는 취소하겠네."

주평강이 나름으로는 독인표의 공적인 입장을 생각해서 한 말인데 그만 이 말이 독인표의 반발을 불러일으켰다.

"그게 무슨 말입니까? 이제야 조치를 한다니요? 이곳에 오기 전 제가 이 사안에 관한 공문을 단강 지부에 날렸습니다. 어서 선박일지를 가져오십시오. 그렇지 않으면 제가 직접 지부로 쳐들어가 조사하겠습니다!"

"으음."

독인표의 날선 음성에 주평강이 우물쭈물하는 반응을 보였다. 독인표는 다시 한 번 분명한 뜻을 밝혔다. 이번엔 상관이고 뭐고 입장을 봐주지 않았다.

"한 시진 내로 선박일지를 가져오십시오! 기록된 그대로! 만약 선박일지에 잔수를 부리면 그땐 지휘 고하를 막론하고 모조리 뼈다귀를 추려 버릴 것입니다!"

단강 해운객잔.

독인표는 단강의 하층민이 주로 애용하는 허름한 객잔에 임시 추포청을 마련했다. 단강의 고관들이 여러 차례 그를 찾아왔지만 그는 얼굴조차 내밀지 않았다.

그러는 사이에 주평강이 선박일지를 객잔으로 가져왔다. 독인표는 선박일지가 진본이 맞는지 먼저 확인했고, 그다음으로 내용 검토에 들어갔다. 검토가 두 시진에 이를 무렵 그는 화주를 한 병 주문해 신경질적으로 마셨다.

공무 수행 중에 그는 거의 술을 마시지 않는다. 그가 지금 이렇게 술을 마신 이유는 너무도 화가 치밀었기 때문이다.

"개 쓰레기들! 이런 놈들 때문에 정파 천하가 욕을 들어먹고 있는 거야!"

선박일지에는 이제껏 수로를 통과했던 배들의 종류와 화물에 관한 사안이 기록되어 있었다. 그 안에는 수로를 통과하면 안 되는 배들, 하중을 초과한 배, 도박 목적으로 이용된 배, 오물을 실은 배 등이 수없이 적혀 있었다. 청탁과 뇌물이 없었다면 이렇게 될 일이 없었다.

뿐만 아니라 일반 상선들을 통과시켜 주는 대가로 공적 대금 이상의 금전을 공공연히 받아왔는데 수로에서 수령된 금액을 따져 보니 도통 셈이 맞지 않았다. 어디론가 돈이 빠져나갔다는 말이었다. 이건 월권을 넘어선 가진 자들의 횡포였다. 내륙수로를 두고 일반인들이 원성이 자자할 수밖에 없었다.

"윗대가리들의 정신이 썩었는데 무슨 정파 천하야. 처단해야 돼. 모조리 잡아들여야 해!"

독인표는 화주 한 병을 단번에 비우고 일어섰다. 객잔 아래로 수로의 오물이 보이고 있었다. 그의 심정도 그랬다. 추포무관의 삶이 오물로 범벅된 심정이었다.

'다음엔… 다음번엔 반드시 안방의 오물부터 청소할 거야.'

으드득.

독인표는 손에 잡은 화주 병을 손아귀 안에서 깨뜨렸다. 수련으로 단련된 손이라 피는 흐르지 않았지만 마음은 조금 진정되고 있었다. 그는 자리에 앉아 다시 선박일지를 검토했다. 눈을 더럽히지 않고자 황가선에 관련된 사안만 중점으로 살폈다.

황가선 단강 포구 정박 이틀.

승선자 남자 아홉 명.

다음 행선지 섬주 포구.

"섬주 포구? 하남에서 섬서로 건너갔다는 말인가?"

형주에서 무창, 무창에서 다시 하남, 하남에서 다시 섬서.

범인들은 대륙을 마치 제집 안마당처럼 횡단하고 있었다. 뿐만 아니라 무창에서는 승선자가 다섯 명이라고 하였는데 장소를 이동할 때마다 그 숫자가 불어나고 있었다.

목적을 가지고 움직이는 자들이었다. 대낮에 금룡반점을 폭발시킨 대담한 범행 행각으로 보아 다음번의 범행은 강호에 아주 심각한 사태를 불러올 소지가 깊었다.

황가선의 최종 행선지가 포착되자 독인표는 자신의 직속 부대인 독심대를 섬서로 급파했다.

"독심대는 지금 즉시 섬주로 건너가 황가선을 나포한다! 수사에 성역은 없다! 이 사건에 연루된 자들은 지휘 고하를 막론하고 잡아들인다!"

*　　*　　*

섬서성 섬주.

섬서성은 역대로 화산파의 영향을 많이 받아온 지역이다. 지역의 소도시마다 화산파의 도관이 있고, 도관에서는 무를 숭상하는 지역의 청춘들을 화산파의 속가제자로 입문시킨다. 화산파의 영향권에서 예외가 되는 섬서의 도시는 서너 곳에 불과한데 그중 하나가 바로 화천방이 다스리는 섬주이다.

섬주의 화천방은 열사의 문파로 강호에 잘 알려져 있다. 대벌막의 침공을 받았을 때는 무상검문으로 합류하여 분기를 태웠고, 일황의 독재 시절에는 무림 정파로서 부당한 정책에 의연히 맞섰다. 그리고 일패의 폭압정권 아래서는 멸문을 각오하고 악의 무리와 끝까지 맞싸웠다.

무림 정파로서 화천방의 참된 정신은 비단 무림사의 투쟁에만 국한되지 않았다.

강력한 무력을 소유했음에도 불구하고 화천방은 항상 겸손과 덕으로서 민을 상대하였고 그런 한편으로 지역의 이권에 전혀 개입하지 않았다. 청탁과 뇌물도 받지 않았고, 만약 그런 인물이 자파에서 나온다면 단호하게 목을 베어 일벌백계했다.

대를 이은 화천방의 그런 정신은 전대 방주인 인자무걸 섭사평에 이르러 꽃을 활짝 피웠다.

인자무걸 섭사평. 그는 참된 대인이었으며, 진정한 협객이었고, 인정으로 넘친 덕장이었다. 가난한 자를 위해서 기꺼이 화천방의 자산을 풀었고, 나아가서는 솔선해서 저자로 나가 민들과 희로애락을 나누었다.

그에게 유일한 개인 욕심이 있었다면 화천방의 미완성 무공인, 칠절도룡곤법(七絶屠龍棍法)을 완성하는 것이었다. 무인으로서 명성을 떨치고픈 개인 욕심 때문이 아니었다. 도룡곤법의 완성은 화천방 제자들의 숙원과도 같았다. 이것 때문에 그간 수많은 제자들이 도룡곤법을 연성하다가 폐인이 되어 쓸쓸히 생을 마쳤다. 그는 이 악연을 그의 대에서 끊고 싶었다. 그리하여 도룡곤법의 바른 연성법을 남겨 후대에는 이것의 수련으로 인해 폐인이 되는 제자가 없기를 바랐다.

십오 년 전, 그는 방주의 자리를 사촌 동생 섭진악에게 과감히 넘기고 천령산으로 장기 폐관수련에 들어갔다. 방주 자리에는 아쉬움이 없었다. 그에게 미련이 남는 유일한 일은 어미 없이 자란 여덟 살짜리 외동딸을 한동안 볼 수 없다는 것이었다. 도룡곤법을 완성하기 전에는 하산을 하지 않을 각오이니 어쩌면 그는 영원히 딸을 볼 수 없을지도 몰랐다.

그렇게 십오 년이 흐른 오늘, 그는 그 각오를 지키지 못할 상황에 처하고 말았다.

섭소연 부고(訃告)!

향년 이십삼 세.

사인 객사.

장지 화천방 별원.

딸의 죽음을 알리는 부고장이 그의 은거지로 배달되어 온 것이다.

섭사평은 딸의 죽음이 실감되지 않았다. 밝고 건강했던 아이이자, 화천방의 문도들이 지극정성으로 돌봐주었을 아이였다. 찾아올 수는 없지만 틈틈이 인편을 보내와 수련에 지친 그를 흐뭇하게 해주던 아이였다. 한 달 전에도 편지를 보내 드디어 자기에게도 남자가 생겼다며 자랑을 했던 아이였다. 그런 아이가 이렇게 일찍 죽을 수는 없었다. 그것도 객사라니, 그 아이가 왜 화천방 바깥으로 나가서 죽는단 말인가.

"꿈이야. 이건 절대 현실이 아냐."

그는 쏟아지는 눈물을 억지로 삼키며 산에서 내려갔다. 딸의 죽음이 틀림없다면 아무리 수련이 중요해도 딸의 마지막 가는 길, 그것만큼은 아비로서 역할을 해주어야 한다는 생각이었다.

산에서 내려간 그는 섬주 저자 인근에서 아주 생경한 광경을 목격하였다. 섬주 저자의 외곽을 끼고 악취가 코를 찌르는 수로가 만들어져 있었다. 그가 섬주에서 활동하던 십 년 전에는 이런 수로가 없었다. 그땐 냇물이 은빛처럼 빛나던 금천이 형성되어 있었다. 어린 시절 그는 금천에서 친구들과 발가벗고 멱을 자주 감았었다.

'누가 이런 엉터리 공사를 한 거지? 화천방은 왜 그것을 막지 않았지?'

도무지 원인 추정이 안 되는 의문인데 저자에 들어간 후에는 그런 그의 의문이 더욱 증폭됐다.

민들의 생업 활동으로 넘쳐 났던 예전 저자의 모습이 아니었다. 행인들은 어두운 얼굴로 거리를 오갔고, 노점상들은 의욕이 상실된 모습으로 장사에 임하고 있었다.

섭사평은 과일 노점상을 지나가는 길에 문득 물어봤다.

"이보시오, 무릇 저자에서 장사를 하려면 밝은 얼굴로 떠들썩하게 손님들을 불러 모아야 하지 않겠소?"

"으음."

과일 장수는 섭사평을 이상하다는 눈으로 흘겨봤다. 십오 년 수련을 하고 나온 터라 섭사평의 몰골은 거의 거지와 다름 없었다.

과일 장수가 말했다.

"누가 그것을 모르오. 허나 장사를 해도 이문이 남아야 흥이 나지, 팔고 팔아도 본전에 급급한데 거기에 무슨 신이 나겠소."

"본전? 그건 왜 그렇소?"

과일 장수가 다시금 섭사평의 전신을 살펴보고는 말했다.

"보아하니 이 지역 사정을 잘 모르는 외지인인 모양인데 어디 가서 그런 물음을 하지 마시오. 저자에는 듣는 눈이 아주 많다오."

"듣는 눈?"

"저기, 저런 자들 말이오."

섭사평은 과일 장수가 가리킨 방향을 쳐다보았다.

예전에 없던 술집 거리가 그곳에 생겨나 있었다. 가게 입구에는 도검을 소유한 건장한 사내들이 서 있었다.

"저런 놈들이 보호비란 명목으로 상인들이 벌어들인 돈을 갈취한다오. 심할 때는 벌어들인 돈의 오 할까지 가져가 버리니 우리가 어찌 제대로 살아갈 수 있겠소."

"이, 이럴 수가."

섭사평은 거리의 무인들을 보며 아연한 음성을 토해냈다.

무력을 앞세운 갈취.

이런 행위는 그가 절대로 용납하지 않는 일이었다.

"대체, 화천방은 저자가 이리되도록 무엇을 하고 있었단 말인가."

섭사평의 말을 들은 과일 장수는 기가 막힌 얼굴로 말했다.

"이보시오! 그런 말씀 하지 마시오. 화천방이야말로 진짜 강도들이오. 그놈들만 아니었다면 섬주가 이렇게 변하지도 않았을 것이오."

"으으으."

섭사평은 부들부들 떨었다. 이해가 뒤늦게 되고 있었다. 이런 상황은 화천방의 묵인 내지는 개입이 없고서는 설명이 안 되는 일이었다.

"자, 그만 가시오. 저놈들이 아까부터 당신을 주목하고 있소. 나는 괜한 일에 휘말리기 싫소."

과일 장수가 고개를 돌렸다.

섭사평은 떠나기 전 혹시나 하며 물어봤다.

"금천에 수로를 만든 것도 화천방과 연관된 일이오?"

"연관이다 뿐이겠소. 대정맹의 지시에 화천방이 직접 일선에서 공사 감독한 일이거늘……."

"으으."

상황 설명은 충분하다.

섭사평은 노한 얼굴로 화천방을 향해 걸어갔다.

"네 이놈들을 용서하지 않으리라."

용서를 하지 않겠다는 섭사평의 분노는 화천방에 도착한 후에 실행되지 못했다. 화천방의 주요 인사들, 태반이 물갈이 되어 있었다. 그중에 일부는 그가 전혀 모르는 외지의 무인들이었다.

"핫핫, 오랜만입니다, 형님. 그래, 도룡곤법 수련은 진척이 좀 있었습니까?"

섭진악이 연무장으로 걸어나와 유들유들한 웃음으로 그를 맞이했다. 전대 방주를 접하는 공손한 예는 찾아볼 수 없었다.

"자, 형님, 소연각으로 드시지요. 화천방의 제자들이 지금 형님의 무사귀환을 축하하는 연회를 준비했습니다."

소연각이란 말에 섭사평은 섭진악을 힐끗 노려봤다. 소연각은 외지인을 접대하는 장소였다. 전대 방주라는 점을 감안하면 소연각이 아닌 대연각으로 안내해야 마땅했다.

"소연이를 보고자 산에서 내려왔네. 연회는 취소하게. 형제들은 차후에 만날 것이네."

섭사평은 그 말과 함께 별원으로 바로 향했다.

그가 걸어갈 때 섭진악이 매서운 눈빛으로 그를 건너다봤다. 섭사평은 그 눈빛을 스쳐 보았지만 아무런 내색을 하지 않았다.

별원은 한적했다. 장사를 지내는 곳이거늘 손님 하나 없었다. 조화도 없었고 딸의 신주만 덩그러니 놓여 있었다. 그는 신주 뒤의 관을 열었다. 수의를 입은 차디찬 딸의 얼굴을 보자 섭사평은 그만 가슴이 북받쳤다. 딸이 죽었다는 사실, 그 현실이 이제 실감이 되고 있었다.

"소연아! 소연아!"

그는 딸의 얼굴을 가슴에 안고 굵은 눈물을 주룩주룩 흘렸다. 이 순간은 섬주의 덕장이던 인자무걸도 아니요, 화천방의 전대 방주도 아니었다. 딸을 버리고 떠난 못난 아비일 뿐이었다.

"소연아, 나를 용서하지 말아라! 내가 너를 버리고 떠났다. 내가! 이 아비가!"

시간이 흘러갔다. 밤이 점점 깊었고, 섭사평은 긴긴밤을 그렇게 눈물로서 딸의 마지막 자리를 지켰다.

아침이 되자 그는 별원에서 나와 화천방의 총관이었던 송광을 찾아갔다. 송광은 그와 동년배의 나이로서 어릴 때는 친구처럼 지낸 사이였다.

송광의 처소에는 아무도 없었다. 하인에게 물어보니 송광은 화천방의 감옥에 갇혀 있다고 하였다.

무슨 죄를 지었기에 총관 신분이던 송광이 감옥에 갇혔을까?

섭사평은 의문의 심정으로 감옥을 찾아갔다.

산발한 모습으로 감옥에 갇혀 있던 송광은 그를 만나자 눈물이 그렁그렁한 눈으로 예를 올렸다.

"안 그래도 방주님이 돌아오셨다는 말을 들었습니다. 별원으로 가서 인사를 하지 못한 저를 꾸짖어주십시오."

섭사평도 눈시울이 같이 뜨거워졌다. 감옥에 갇힌 초라한 모습은 둘째 치고 십오 년 사이에 엄청 늙어버린 송광이었다. 그간 말 못할 고생을 많이 한 모양이었다.

"누가 누구를 꾸짖는단 말인가. 나는 개인의 욕심을 위해 딸도 버리고 친구도 버리고 제자도 버린 몸이네. 자네가 나를 도리어 꾸짖어주게."

"으흑흑흑, 방주님!"

송광이 엎드려 통곡하기 시작했다. 그 모습을 본 섭사평은 문득 묘한 기분이 들었다. 송광의 통곡에 다른 이유가 있는 것만 같았다.

그는 조심스럽게 물어봤다.

"화천방에 외지인들이 많이 있더군. 자네는 혹 그들이 누구인지 아는가?"

송광이 울먹대는 음성으로 말했다.

"대정맹에서 파견된 무인들입니다. 현재 그들이 화천방과 함께 섬주의 수로를 관장하고 있습니다."

"대정맹? 천하에 그런 단체가 있었던가?"

섭사평의 기억으로 대정맹이란 단체는 정파에 없었다. 있다면 정무련이었다.

"정천거사 이후로 강호를 장악한 정파 연합맹입니다. 방주님이 폐관수련에 들어가신 지 일 년 후에 발족된 단체이지요. 대정맹은 정무련을 깨고……."

송광이 대정맹의 집권 역사에 대해 대략적으로 설명했다. 듣고 있자니 섭사평이 놀랄 일이 한두 가지가 아니었다. 특히 구대문파까지 대정맹의 직속 관할에 두었다는 말에서 불신까지 생길 정도였다.

"기가 막히는군. 아무리 정파의 집권 시대라고 한들 전통의 구대문파가 어찌 권력의 일선에서 활동을 할 수 있단 말인가."

섭사평을 가장 놀라게 사안은 대정맹주의 정체였다.

"뭐라, 주명상? 전날 군림의 권력에 기대어 호의호식하며 살았던 그 협잡꾼 말인가? 세상이 미쳤군. 그런 자를 맹주로 떠받들다니!"

이번엔 섭사평의 목소리가 상당히 컸다.

"협잡이라니요? 세상이 미쳤다니요? 섭 대협은 말씀을 좀

가려서 하셔야겠소이다."

감옥 안으로 삼 인의 무인들이 들어섰다. 감색 관복을 입은 중년인과 사인검을 어깨에 걸친 백의인, 그리고 화천방주 섭진악이었다.

"으음."

섭사평은 찌푸린 눈살로 그들을 노려봤다. 아직 이른 시간이다. 게다가 감옥에서 송광을 대면한 시간이 얼마 되지 않는다. 즉각적인 보고와 그에 따른 행동. 이것은 그가 이제껏 감시를 당했다는 뜻과 같았다.

감색 복장의 중년인이 말했다.

"본인은 대정맹 특창 섬주 지부장 하낙길이오. 섭 장주와는 의형제의 연을 맺은 사이이니 섭 형과도 이제 남다른 사이라고 할 수 있겠소. 사석에선 나도 섭 형을 형님으로 모시겠소이다."

형님으로 모시겠다는 말과 다르게 하낙길의 자세는 거만하기 짝이 없었다. 섭사평을 마주 본 자세에서 턱을 살짝 끄덕인 것이 인사의 전부였다.

사인검을 소지한 백의인도 정중한 인사와는 거리가 멀었다.

"화산파의 청반이오. 아주 예전에 섭 형과 인사를 나눈 적이 있는데 나를 알아보시겠소?"

청반. 화산파 장문인의 막내 사제.

섭사평은 전날의 기억 속에서 청반의 존재를 찾아냈다. 오래전 화산파가 섬주에 화산도관을 열고자 본산의 검사들을 지역에 파견했다. 그때 섭사평은 우연찮게 그들과 저자 한복판에서 다툼을 벌여 모조리 쫓아버렸다. 청반은 그때 쫓겨갔던 화산파 검사 중의 하나였다.

"미안하외다. 본인은 기억력이 나빠서 잘 모르겠소."

섭사평은 괜한 소란을 일으키지 않고자 청반과의 대화를 의식적으로 기피했다. 그를 노려보는 청반의 매서운 눈빛마저도 그가 먼저 피해 버렸다.

섭진악이 말했다.

"형님, 형님이 그간 섬주를 떠나 있는 동안 강호는 크게 변했습니다. 대정맹주를 중심으로 정파인들이 일치단결하였고, 나아가서는 강호를 어지럽히던 마도인들을 몰아내어 정파 천하의 시대를 열었습니다. 검성도, 도성도 못한 업적을 바로 우리 시대의 정파인들이 해낸 것입니다."

우리 시대의 정파인. 뼈 있는 말이었다.

"새로운 세상이 도래했습니다. 지난 사람은 물러가고, 그 자리는 새로운 세상을 열어갈 새 사람으로 채워져야 합니다."

섭사평은 섭진악의 말뜻을 이제 알아차렸다. 화천방주 자리를 넘보지 말란 것이었다.

"관심없네. 아우가 알아서 하게. 자, 인사는 그만하면 됐으니 이제 나가 주게. 나는 옛 지우와 할 말이 조금 더 있다네."

섭사평은 전대 방주의 권리를 스스로 포기하고 등을 돌렸다. 그의 이런 마음도 모르고 섭진악이 다시금 반대의 뜻을 드러냈다.

"죄송하지만 그럴 수는 없겠습니다. 송광은 화천방의 기밀을 외부에 누설한 죄로 현재 감금되어 있습니다. 형님께서도 죄인과의 만남을 중지하시고 어서 별원으로 돌아가시기 바랍니다."

"뭐라!"

섭사평은 눈썹을 세워 섭진악을 노려봤다.

"내가 무엇을 하든, 내가 누구를 만나든 아우가 언제부터 내 신변을 관리했는가? 시대가 변한 것은 맞지만 그렇다고 아우가 내 신변을 관리할 수 있다고 생각하면 그건 큰 오산이네. 자, 내 말을 알아들었으면 저 사람들을 데리고 어서 전부 나가시게."

섭사평의 강한 어조에 섭진악이 자신도 모르게 움찔 물러섰다. 세월이 아무리 흘러도 기억은 남아 있다. 섭진악의 기억 속에 남아 있는 섭사평은 너무도 강한 무인이다.

섭진악이 물러서는 기색을 보이자 하낙길이 급히 나섰다.

"섭 형, 지금 우리를 급박하시는 게요? 당신의 말에 우리가 위축되리라 생각하시는 거요?"

청번도 비꼬는 말로 거들었다.

"아직도 자신이 섬주의 주인이라고 착각하는 거겠지."

섭 형이라고 그랬고, 당신이라고 말했다. 막 나가자는 어투인데 뒤늦게 섭진악도 본색을 드러냈다.

"형님, 그나마 예우를 해줄 때 우리의 말을 들으시오. 형님이 자꾸 이러시면 나도 더는 어쩔 수가 없소이다."

섭진악은 말과 함께 손을 어깨 뒤로 들었다. 그러자 감옥 밖에서 무인들이 쏟아져 들어와 섭사평을 철통같이 포위했다.

섭사평은 굳은 얼굴로 무인들을 돌아봤다. 무인들의 숫자는 문제가 아니었다. 그가 꺼리는 것은 이들이 화천방의 제자들이라는 것이었다. 화천방을 누구보다 아낀 그로서는 제자들과 싸움을 할 수가 없었다.

"화천방의 제자들은 저분을 어서 별원으로 모셔라. 망자의 장사가 끝나는 그날까진 화천방의 식구로서 대우를 해줄 것이되 그 이후에는 섬주에서 즉시 추방할 것이다."

화천방의 무인들이 섭사평의 양쪽 옆구리를 잡았다. 섭사평은 반발하지 않고, 순순히 포박에 응했다. 그는 별원으로 가기 전 송광을 뒤돌아보며 물었다.

"소연이가 화천방에서 나간 이유는 무엇인가?"

송광이 올곧은 얼굴로 말했다.

"죄가 있다면 불의와 맞싸운 죄! 화천방이 화천방답지 못한 행동을 하니 화천방의 참된 제자로서 방파 내의 불의와 맞싸운 것이지요."

섭사평이 다시 물었다.

"그 아이가 왜 나를 찾아오지 않았는가?"

"아씨께서는 방주님의 수련에 영향을 끼칠까 염려하여 찾지 않았습니다. 그러면서도 아씨께서는 방주님이 돌아오실 그날을 매일같이 손꼽아 기다리셨습니다."

매일같이… 매일같이…….

송광의 그 말이 섭사평의 가슴을 아프게 찔러왔다.

섭사평은 붉게 충혈된 눈으로 마지막 질문을 던졌다.

"사인이 객사라고 하는데, 어떻게 죽었는지 아는가?"

"그것은……."

송광의 이어지는 말을 섭진평이 재빨리 잘랐다.

"제자들은 섭 형님을 어서 별원으로 모셔라. 아울러 이 시각부터 이곳은 외부와 철저히 격리된다. 송광과 접촉하는 무인은 신분을 막론하고 화천방의 적으로 간주될 것이다!"

"네!"

화천방의 제자들이 섭사평에게 와르르 달라붙어 거의 강

제로 끌고 나갔다. 섭사평은 십여 보 끌려간 다음 뒤를 돌아봤다. 송광이 결연한 얼굴로 무릎을 꿇고 말하고 있었다.

"방주님, 금촌에서 발가벗은 채 멱을 감고 놀던 열한 살 시절을 기억하십니까? 풍광이 유독 해맑던 그날 우리는 냇가의 여인과 함께 즐거운 한낮의 시간을 보냈습니다. 그날의 추억이 너무도 생생해 후에 우리는 금천지교를 맺어 그 여인을 영원히 가슴에 담았습니다. 잊지 마십시오, 금천지교의 그 여인을."

송광의 말뜻을 알고 있는 사람은 이 자리에 아무도 없었다. 섭진악도 알 수 없었다. 오직 섭사평만이 그 의미를 알 수 있었다.

섭사평은 그때부터 무인들의 포박을 물리치고 홀로 별원으로 걸어갔다. 별원에 가까워질수록 그의 걸음은 덜덜 떨렸다.

금천지교의 여인.

송광의 말처럼 즐거운 추억은 절대 아니었다. 오히려 그 반대였다. 그날, 금천으로 한 여인의 사체가 떠내려왔다. 젖가슴이 잘리고, 하체가 잔인하게 난자된 사체였다. 두 사람은 그때 막대기로 그 사체의 전신을 쿡쿡 찌르며 놀았다. 철없던 시절이라 그게 나쁜 일이라는 것을 그땐 잘 인식을 못하였다. 후에 두 사람은 명문정파의 후예로서 그런 놀이를 했다는 사실에 몹시 부끄러워하며 그 일을 영원히 가슴에 묻기로 약속하였다. 금천지교였다.

송광이 금천지교의 여인을 거론한 이유는 한 가지밖에 없었다. 섭사평은 그 이유가 현실이 될까 봐 몹시 두려웠다. 그러나 이제 와서 피할 수는 없는 일이었다. 딸의 몸을 직접 확인해야 했다.

딸의 관을 다시 열었다. 딸은 차디찬 얼굴로 그를 맞이하고 있었다. 그는 덜덜 떨리는 손으로 딸의 수의를 벗겼다. 오른쪽 젖가슴이 없었다. 싹둑 잘려 있었다. 그는 이제 딸의 수의를 벅벅 찢었다. 딸의 알몸이 드러났다. 가슴 아래로 온몸이 흉터였고 하체는 잔인하게 난자되어 있었다. 윤간의 흔적이 역력했다. 그는 이를 악물고 관을 덮었다. 하늘을 올려다봤다. 눈물이 하늘의 모습을 가리고 있었다.

그는 일어나 별원의 나무 중에서 몽둥이로 대용할 단목 줄기를 꺾어 손에 들었다. 그런 다음 딸의 관을 어깨에 짊어지고 별원을 걸어나갔다.

"별원으로 돌아가십시오! 나가시지 못합니다!"

별원 밖의 무인들이 그를 막아섰다. 그는 붉은 눈을 부릅뜨며서 소리쳤다.

"갈! 어느 놈이 감히 내 딸아이의 저승길을 막느냐!"

그의 일갈에 무인들이 주춤주춤 물러섰다. 무력으로 막을 수 있는 상황이 아니었다. 무인들은 그의 비장한 모습을 마주 보기만 해도 오금이 저렸다.

그는 관을 짊어지고 화천방주의 집무실로 곧장 쳐들어갔다.

쿵!

관을 바닥에 내려놓은 그는 섭진악을 노려보며 말했다.

"설명은 필요없다. 변명도 듣지 않는다. 이 아이를 되살려라, 지금 당장!"

"형, 형님!"

섭사평의 갑작스런 변화에 섭진악이 놀란 반응을 보였다. 섭사평의 성향을 잘 모르는 하낙길과 청반의 입장은 조금 달랐다.

"섭 형, 이게 무슨 경우에 없는 행위요? 화천방이 섭 형의 영애를 그렇게 만들었다는 뜻인 거요? 분명히 말하지만 화천방은 그 일과 무관하오."

섭사평은 청반의 말을 무시하고 섭진악에게 다시 말했다.

"잡소리는 듣지 않겠다고 경고했다. 되살려라, 당장!"

"형님, 이미 죽은 아이를 어찌 되살린단 말입니까. 형님의 슬픔은 잘 알겠으나 그렇다고 괜한 사람에게 억지를 부리시면 어떡합니까?"

섭진평도 이제 나름으로 강하게 나왔다. 그러자 하낙길이 비꼬는 음성으로 섭진평을 거들었다.

"흥! 그게 다 딸자식 간수 못한 애비 잘못인 거야. 무림 정파의 처녀가 왜 밖으로 싸돌아 다녀."

"……."

일순 침묵이 휘돌았다. 섭사평은 침묵 속에서 섭진평을 가만히 건너다봤다.

"그래. 전부 내 잘못이다. 딸을 버리고 간 것도 내 잘못이고, 잡놈에게 화천방을 맡긴 것도 다 내 잘못이다. 허나!"

섭사평이 고개를 돌려 하낙길을 태울 듯 노려봤다.

"네놈이 무엇이건대 감히 내 딸아이 앞에서 나를 욕하느냐! 우허허헝!"

말끝에 섭사평은 호랑이 울음을 터뜨리며 하낙길을 덮쳤다. 하낙길이 나름으로 검을 휘둘러 방어했으나 섭사평은 상대의 검에 어깨가 찔리면서도 전진하여 하낙길의 목을 기어코 움켜잡았다.

"네놈들은 오늘 내 손에 죽는다. 죽어야 하는 이유는 전부 세 가지다. 첫째!"

상황이 심상치 않자 청번이 검을 빼들었다. 주변의 무인들도 전원 병기를 뽑아 들었다. 섭사평은 그들의 행동을 무시하고 말을 이었다.

"화천방의 백 년 역사를 망친 죄!"

빡!

단목이 하낙길의 이마에 정통으로 박혔다. 핏물이 출렁였고, 하낙길은 그 즉시 눈동자가 풀렸다.

"둘째! 내 가족을 감히 능멸한 죄!"

빡!

단목이 다시금 하낙길의 이마에 꽂혔다. 뼈를 박살 내는 소리와 함께 하낙길은 축 늘어져 버렸다.

"셋째! 정파가 정파답지 못한 죄!"

빡! 빡! 빡!

단목이 하낙길의 머리를 연속으로 가격했다. 하낙길은 이제 머리의 형체마저도 사라진 육질에 불과했다.

"정파가 정파답지 못하면 그땐 사마 무리보다 더 위험한 족속들이 된다! 바로 네놈들의 모습처럼!"

섭사평은 하낙길의 시신을 바닥에 내던지고 섭진악에게 뚜벅뚜벅 걸어갔다. 하낙길의 몸에서 흘러나온 피로 말미암아 섭사평은 혈인이 되어 있었다.

"미, 미친놈! 아주 정신이 돌았구나!"

섭진악이 아연한 얼굴로 물러섰다. 청번은 이때 같이 물러나면서 수하들에게 공격 명령을 내렸다

"마성에 물든 인간이다! 전부 공격해서 저 마인을 죽여라!"

무인들이 고함을 지르며 일제히 달려들었다.

섭사평은 오백 명도 넘는 무인들의 집단 공격을 눈앞에 두고도 아무런 두려움을 보이지 않았다. 그는 단목 몽둥이를 가슴 앞에 세웠다. 몽둥이에서 뿌연 기운이 솟아올랐다.

용을 두들겨 잡는 일곱 가지 몽둥이질, 칠절도룡곤법.

십오 년 동안 폐관수련하며 성취한 무공. 그러나 지금의 그에겐 영광이 아닌 쓰린 아픔으로 변해 버린 무공. 그 무공이 발휘되기 직전이었다.

"마인! 그렇구나! 협인이 강호를 떠나니 잡놈들이 제 세상인 양 천하의 도의를 망치는구나. 너희의 원함이 마귀가 된 내 모습이라면 내 이제 기꺼이 마도의 칼을 들으리라."

그는 몽둥이를 전방으로 겨누었다. 그리고 강렬한 음성으로 소리쳤다.

"오라, 대정맹의 개들!"

第五章
마뇌옥 습격 작전

魔道宗師
마도종사

무림제일의 감옥. 마뇌옥의 역사는 일황 시절까지 거슬러 올라간다.

천하를 장악한 일황은 자신의 권력에 반대하는 이들을 강호에서 격리시키고자 마뇌옥이란 철통 감옥을 금마산 기슭에 세웠다. 이제껏 탈주자가 한 사람도 없다는 점에서 보듯 탈출은 원천적으로 불가능하다. 감옥 건물은 지상 일 층, 지하 삼 층의 화강암 석재로 축조되어 있고, 비상이 걸리면 삼 단계에 걸쳐 육중한 돌벽 차단막이 움직여 외부와 철저히 차단된다.

이러한 마뇌옥은 군림사주의 시대를 거치며 보안이 더욱

강화되었다. 일패의 시절에는 무림인들을 고문, 문초하는 감찰 부대를 마뇌옥 안에 따로 두었고, 검성과 도성의 시절에는 마뇌옥주를 아예 무림 서열 십위 안에 들어가는 거물급 인사로 임명하였다.

권력이 불안하면 감옥의 활용도가 높아지는 법. 대정맹의 시대에선 주명상의 명에 따라 마뇌옥 동서남북 십 리 경계 지역에 대정맹 정예 부대인 동방철기대, 남방철마대, 서방철검대, 북방철사대로 이루어진 사방철무대가 배치됐다. 사방철무대와 마뇌옥에 상주하는 용정대군은 무려 일곱. 대정맹의 태원 총단 이외에 단일 단체로 이보다 더 막강한 전력을 소유한 곳은 강호에 없었다. 그래서 대정맹의 두 번째 총단이라는 말들이 심심치 않게 떠돌았다.

일 년 중에서 마뇌옥의 경비가 가장 취약해지는 날은 새해의 첫날, 원단이다. 원단의 날에는 마뇌옥의 사방철무대에 일반인의 방문이 허용되는데 아주 특수한 경우, 이를테면 마뇌옥 실세들과 깊이 관련된 인사라면 '일반인 접근 불허' 라는 규정을 깨고 마뇌옥 직접 방문이 성사될 때도 있다.

원단 이틀 전.

마결단의 이차 회합이 장안 초원주점에서 열렸다. 안건은 마뇌옥 습격 작전 논의이고 참석자는 능비, 해량, 이필, 초소명, 장춘, 여옥상, 남정, 적양 등 냉약빙을 제외한 마결단의 핵심 단원 전부이다.

일차 회합에서는 적양이 논의 진행을 했지만 이차 회합에서는 초소명이 회의의 진행을 이끌었다. 한편으로 일차 회합에서 말을 함부로 하여 소란을 피운 일이 있기에 이차 회합에서는 전원 경어를 사용하기로 합의했다.

"마뇌옥 습격의 목적은 무상검문의 후예 목예추를 빼내오는 것입니다. 그러나 단원들이 숙지하고 있듯 우리 마결단의 최종적인 사명은 태원으로 가서 대정맹주를 저격하는 일입니다. 이 경우 마뇌옥 습격 작전에서 우리의 목적이 목예추란 것이 적에게 알려지면 후일 무상검문의 활동 자체를 적에게 의심을 받게 될 것입니다. 따라서 우리는 마뇌옥 습격 작전에서 목예추가 목적이 아님을 적들에게 교란시킬 필요가 있습니다. 마뇌옥에는 현재 태원거사에서 중요하게 사용될 인물이 또 한 명 있습니다. 망량금으로 강호인들의 지대한 관심을 받는 일패 관두척입니다. 저는 그 일패를 목예추와 더불어 탈출시켜 적에게 우리의 목표가 일패라고 생각하도록 교란할 계획입니다. 하니 단원들은 작전에 돌입하면 '목적은 목예추, 목표는 일패' 라는 것을 항시 명심해 주시기 바랍니다."

초소명은 모두 발언에서 마뇌옥 습격 작전의 의의를 제반적으로 설명했다. 그리고 그런 다음 실제적 작전 진행 논의를 바로 진행시켰다.

"마뇌옥 습격 작전에 임하는 단원들의 보직은 다음과 같습니다. 혈옥 공격조 해량 단원과 장준 단원, 흑옥 공격조 여옥상 단원과 남정 단원, 지옥 공격조 이필 단원과 혁사곽 단원, 그리고 마결단장입니다."

마뇌옥은 지상에서 지하로 이어지는 삼중뇌옥의 구조이다. 암문 차단이 이루어지면 각각의 뇌옥은 외부와 완전히 단절되는데 지하로 내려갈수록 중형자들이 갇혀 있다.

마뇌일옥.

혈옥:십 년 미만의 수형자.

혈옥대주:용정팔십사군 소유금성 맹사성.

혈옥의 무인:혈옥삼십육병—일급의 무력 소유.

마뇌이옥.

흑옥:이십 년 미만의 수형자.

흑옥대주:용정팔십삼군 장천진인 이장천.

흑옥의 무인:흑옥이십사병—일급의 무력 소유.

마뇌삼옥.

지옥:무기형을 받은 수형자.

지옥대주:용정오십일군 불사금강 사마승.

지옥의 무인:지옥십팔병—일급 이상의 무력 소유.

"마뇌삼옥은 상황 발생을 대비해 유기적으로 연결되어 있습니다. 혈옥에서 문제가 생기면 흑옥과 지옥의 돌벽 암문이 순차적으로 차단되는데, 일단 암문이 강제 차단되면 밖에서는 절대로 안으로 들어갈 수 없습니다. 따라서 우리는 암문이 차단되기 전에 지옥까지 들어가서 목예추를 구출해야 합니다. 무사 탈출까지 가능한 시간은 예상하기로 반 시진입니다. 이 시간을 넘기게 되면 마뇌옥 외곽에 주둔한 사방철무대가 마뇌옥으로 출동을 하게 됩니다. 그렇게 될 경우 우리가 오히려 마뇌옥에 갇히게 되는 상황에 처하게 될 것입니다."

초소명의 작전 구사는 빈틈이 없었다. 단원들의 능력을 파악해서 적재적소에 투입하였고, 때로는 창조적인 발상으로 작전을 구사해 듣는 이를 놀라게 했다. 마뇌옥 탈출 과정의 작전이 바로 그러했다.

"목예추와 일패를 구출해 마뇌옥을 빠져나오면, 그때부터 사방철무대를 뚫고 나오는 작전의 이단계가 시작됩니다. 탈출 작전에 투입되는 단원은 저격조로 적양 단원, 적진 소요 및 중멸탄을 실은 수레 배치조로 곽방 단원, 마요성 단원, 불망 단원, 문망 단원입니다. 이상 탈출조는 작전에 들어가기 전 필히 장준 열사에게 중멸탄에 관한 안전 사항을 듣고 숙지하시기 바랍니다."

마결단은 장준의 도움으로 어지간한 마을은 불바다로 만들 수 있는 화탄 일만 근을 마련했다. 화탄의 자재 구입에 들어가는 자금은 초소명이 대원각에서 벌어들인 돈으로 대체했다.

"탈출 작전의 설계는 제가 했지만, 이것의 성공은 전적으로 마결단 단원들의 능력에 달려 있습니다. 작전 보직에 일부 단원의 불만이 있을 수가 있습니다. 부디 사심을 버리고 마결단장을 중심으로 한뜻으로 뭉쳐 작전에 임해주시기 바랍니다."

초소명이 개괄적인 작전 설명을 마쳤다. 단원들은 곧바로 작전의 세부적인 사안에 관해 초소명에게 질의하기 시작됐다.

곽방이 물었다.

"소명 단원의 작전 설명 중에서 중요한 사안 한 가지가 빠졌습니다. 마뇌삼옥을 지키는 무인들의 무력입니다. 각각의 감옥을 두 명의 단원으로 뚫는다고 했는데 그게 절대로 만만치 않습니다. 특히 용정오십일군 지옥대주 사마승은 무패의 강호 전적을 자랑하는 무인으로 대정삼왕조차도 단독으로는 감히 승리를 장담하지 못하는 인물입니다."

곽방의 말이 틀리지 않았다. 혈옥대주 맹사성과 흑옥대주 이장천도 대단한 무인이지만 지옥대주 사마승은 백팔용정대군 중에서도 일진 중의 일진이라고 불리는 초인이었다

불사금강 사마승.

소림사 출신의 환속 무인이다. 나이 칠 세에 소림사로 들어가 소림 무공을 성취함에 천재적인 능력을 발휘했다. 스물다섯 살 나이에 소림 최고 고수가 되었고, 이후 마흔 살까지 혜초와 더불어 소림이승으로 불렸다. 나이 쉰에 소림사 방장 자리를 놓고 혜초와 불법이 우선이냐, 불력이 우선이냐를 놓고 치열하게 다투다가 혜초가 소림사 장문에 오르자 미련없이 환속하여 무림인으로 제이의 삶을 시작했다. 숭산을 내려올 때 소림사는 백팔나한진을 동원해 사마승에게 파계의 죄를 묻고자 했으나 사마승이 달마칠십이종 중에서 아홉 가지를 사용해 도리어 백팔나한진을 무참히 파괴해 버렸다.

그 후로 소림사는 무슨 연유에서인지 사마승에게 감히 파계의 죄를 묻지 못했다. 후에 사마승이 말하길, "타인을 때려 죽이는 무공을 중이 소유한다는 자체가 웃긴 일이다. 이왕지사 산에서 내려온 몸. 나는 이제부터 철저히 강호 무인으로서 살아갈 것이다"라고 하였다. 사마승은 그 말을 증명하듯 그때부터 술과 여색, 살상을 꺼리지 않는 삶을 살았다. 단신무

적으로 명성을 날리던 사마승은 정천거사 이후로 무슨 생각인지 대정맹주와 담판을 지어 마뇌옥에 들어가 스스로 강호생활과 담을 쌓았다.

곽방이 말을 이었다.

"이런 물음 죄송스럽지만…… 사마승의 무력에 관해서는 누구보다 해량 열사께서 잘 알고 계시리라 봅니다. 그렇지 않습니까?"

해량의 네 번째 죽음은 사마승과 관련이 있다. 해량이 낙양 저자에서 사마승과 대적을 하다가 반신불수가 되어 도성이 있는 무림맹으로 압송된 것이다.

안 좋은 기억이거늘 해량은 남의 일처럼 꺼림없이 답했다.

"사마승… 엄청 강하지. 소림의 역사를 통틀어 다섯 손가락 안에 들어갈 만큼."

단원들은 논의장에서 경어를 사용하지 않는 해량을 마뜩찮게 보지 않았다. 백 살을 넘기며 살아온 해량. 해량만큼은 그런 규정에서 예외인 것이다.

초소명이 말했다.

"작전을 실행하기에 앞서 수십 번도 더 가상 실험을 해보았습니다. 그 결과 칠 할 이상의 작전 성공률을 기록했습니다. 대정맹을 상대로 칠 할이면 충분히 시도해 볼 수 있는 작전이지 않겠습니까."

능비가 이 사안을 강하게 정리했다.

"마도의 적, 대정맹은 천하의 모든 것을 장악한 무림제국과 같습니다. 어렵다고 생각하면 우리는 아무것도 시도를 못합니다. 부디 마결단의 의기를 하나로 모아 작전에 임해주시기 바랍니다. 문제가 되는 적, 사마승은 내가 처리하도록 하겠습니다."

단원들은 사마승을 직접 처리하겠다는 능비를 진하게 바라봤다. 무력을 떠나서 능비에게는 타인의 감정을 끌어들이는 묘한 능력이 있었다. 백마총에서도 그런 능력으로 인해 단시일에 많은 이들의 주목을 받았다. 특히 화선요희 남정은 그 당시 누구보다도 더 능비를 남다르게 주목했다.

남정이 말했다.

"난 마결단장 오라버니를 믿습니다. 마결단장 오라버니는 사마승이 아니라 대정삼왕이라고 하여도 반드시 제압할 것입니다."

사 년의 시간이 지나 재회한 남정은 능비를 여전히 오라버니라고 불렀다. 나이를 따져 보면 확실히 문제가 있었지만 일단 외관상으로 보면 어색하지 않았다. 십대 시절이던 백마총 시절과 다르게 능비는 이십대 후반이라고 해도 먹힐 만큼 성숙한 모습인 데 반면 지금의 남정은 백마총 시절보다 더 어려

보였다. 이필은 그것을 화장술의 힘이라고 비꼬았었다.

초소명이 아쉬운 얼굴로 말했다.

"냉약빙 단원이 이번 작전에 동참했다면 작전 성공률은 거의 구 할까지 상승되었을 것입니다. 참으로 아쉬운 일이 아닐 수 없습니다."

냉약빙은 남정과 같이 설산에서 내려오긴 했지만 마결단에 아직 합류하지 않았다. 장안으로 들어온 그녀는 마뇌옥 습격 작전에 참가하겠다는 뜻만 서신으로 밝히고 다시 어디론가 잠적했다.

이필이 거창하게 말했다.

"이 사안은 무엇보다 마결단장의 결단이 필요하다고 봅니다. 마결단장은 속히 대의의 심정으로 냉약빙 열사와의 관계를 매듭지어 주시기 바랍니다."

이필의 말이 끝나자 단원들이 고개 숙여 킥킥댔다. 말이 대의이지 능비를 은근히 놀려먹는 말인 것이다.

단원들은 냉약빙이 능비에게 남다른 감정을 가졌다는 것을 알고 있었다. 그래서 냉약빙이 마결단 합류를 망설인 이유를 능비에게서 찾았다. 냉약빙은 능비가 직접 자신을 찾아와 주기를 기다리고 있다는 것이다.

"이것으로 마결단 이차 회합을 마치도록 하겠습니다. 이틀 후면 작전의 날인 원단입니다. 작전의 성공을 위해서 단원들은 만반의 준비를 다해주시기 바랍니다. 마뇌옥 인근으로 장소 이동은 오늘 밤부터 하겠습니다."

냉약빙이 자꾸 거론되자 능비가 서둘러 회의를 마쳤다. 경어 사용이 끝난 터라 단원들은 이제 하고픈 말을 마음껏 쏟아냈다. 그렇게 소란스런 가운데 남정이 문득 작전 설계서를 보더니 초소명에게 물었다.

"마뇌옥의 첫 침투자로 단원 중의 한 명이 마뇌옥 총관 부여섭의 애첩, 조향이란 여자로 변장한다고 적혀 있는데 그게 누구지? 배역이 아직 정해지지 않은 거야?"

그 부분을 읽어본 남자 단원들은 남의 일처럼 반응했다. 남자가 여자로 변장할 수는 없는 일. 이 보직에 해당되는 인물은 현재 마결단에서 오직 둘밖에 없는 것이다.

초소명이 미적지근하게 말했다.

"중요한 역할인데 당연히 정해져 있지. 다만 그 배역을 맡을 여인이 마결단에서는 딱 한 사람밖에 없는 터라 굳이 적어 둘 필요가 없었지."

"누구? 남정 누님?"

단원들이 남정을 일제히 주목했다. 애첩 역할로 남정만큼 잘 어울리는 사람도 없다.

"후후."

초소명이 묘하게 웃었다.

"뭐야, 아닌 거야? 그럼, 혹시?"

단원들이 이번엔 여옥상을 일제히 쳐다봤다.

여옥상이 자다가 폭탄 맞은 것 같은 반응을 보였다.

"미친놈들! 내가 누구야? 백마총 서열 오위였던 철관여마야. 그런 내가 애첩 역할 따위를 할 수 있으리라 생각해? 야! 초소명, 네가 직접 말해봐!"

초소명이 여옥상의 사나운 눈길을 피해 고개를 돌렸다. 여옥상이 거듭 물었으나 초소명은 선명히 답하지 않고 회의장을 빠져나갔다. 잠시 후 능비도 회의장을 나갔고, 이필도 나갔고, 혁사곽도 나갔다. 유일하게 남은 이는 작전 설계도를 뒤늦게 심각하게 검토하는 여옥상이었다.

*　　*　　*

대정 십삼년 원단 마뇌옥 십 리 지점.

꽃으로 화려하게 장식된 사두마차가 마뇌옥 방면으로 향했다. 꽃마차는 내부가 훤히 보이는 구조인데 마차의 좌석에는 짙은 화장을 한 궁장 차림의 여인이 아름다운 치장에 어울리지 않게 불만이 역력한 얼굴로 앉아 있었다.

"미치겠군! 내가 대체 이게 무슨 꼴이야!"

마차의 좌우에는 시종과 시녀 복장의 남녀 한 쌍이 마차와 같이 움직이고 있었다. 그중 시녀 복장의 여인이 웃으며 말했다.

"왜 그래, 옥상 동생. 내 눈엔 예쁘기만 한데. 이참에 앞으로도 그렇게 여성스런 모습으로 활동을 좀 하고 다녀."

마차의 궁장 여인, 여옥상이 미간을 찌푸려 시녀 차림의 여인을 째려봤다.

"언니는 지금 그런 말이 나와요? 우리가 굳이 이런 짓까지 해서 마뇌옥에 들어가야 해요? 다른 방법도 찾아보면 얼마든지 있을 거 아니에요."

"지금의 네 모습이 어때서? 자고로 여자의 최고 무기는 미모야. 남자들은 예쁜 여자의 모습을 보면 끔뻑 죽는다고."

"그럼 남정 언니가 하세요. 원래 이런 배역은 언니가 전문이잖아요."

"물론 그렇기야 하지. 하지만 난 부여섭을 단칼에 처단할 무력이 없어. 그러기에 능비 오라버니도 처음부터 나를 제외시켰어. 안 그래, 능비 오라버니?"

시녀로 변장한 여인은 화선마 남정이다. 남정은 말끝에 생긋 웃으며 시종 차림의 남자, 능비를 돌아봤다.

능비는 표정 변화없이 말했다.

"마결단 전부가 이번 작전에 목숨을 걸었어. 개인 불만은 엄금이야."

작전 우선. 기본적으로는 능비의 말이 맞다.

여옥상도 그 점을 약속했기에 더는 심하게 불만을 표출하지 못했다. 다만 그럼에도 에둘러서 아쉬움은 표현했다.

"이런 일은 약빙이가 제격인데… 약빙이는 나보다 더 예쁘고, 또 약빙이라면 부여섭 따위는 한 방에 쳐죽일 건데."

마차 뒤에서 이필의 음성이 들려왔다.

"킬킬, 너 같으면 약빙이에게 그런 배역을 시키겠냐? 그건 작전을 하자는 게 아니고 다 같이 망치자는 거다!"

마차 뒷자리에는 커다란 술통이 서너 개 실려 있었다. 이필은 지금 그중 하나의 뚜껑을 열고 고개를 내밀고 있었다. 혁사곽과 장준도 그렇게 숨어 있었는데 술통에서 현재 키득거리는 웃음소리가 들려오고 있었다.

"으음!"

여옥상이 이필의 말을 따져 보곤 입을 다물었다.

기녀로 변장한 냉약빙?

그건 그녀가 생각해 봐도 작전을 망치는 일이다.

능비도 다른 사람의 생각과 같았다. 다만 그는 냉약빙에 관해선 이렇다 할 말을 하지 않았다. 아직 대면도 해보지 않은 터라 그녀를 어떻게 상대해야 할지 감을 잡을 수 없었다.

그는 단원들의 어수선한 분위기를 정리했다.

"마뇌옥이 가까워졌어. 지금부터 개인 언행은 삼가해."

작전에서 능비의 말은 무조건 듣기로 약조하였다.

마결단 단원들은 곧 각자의 신분에 맞는 역할에 임했다.

"숙돈, 이 인간을 내가 반드시 불판에 올려놓고 말 거야."

여옥상의 낮은 음성. 능비가 그곳을 획 노려봤다. 여옥상은 즉시 입을 다물며 예쁜 얼굴을 지었고, 그 모습을 본 단원들은 고개 숙여 킥킥댔다.

단원들은 여옥상의 모습을 두고 마음껏 놀려먹지 못하지만 이 시각, 백 장 떨어진 금마산 벼랑 위에서는 여옥상을 마음껏 놀려먹는 인간이 있었다. 오늘의 작전을 설계했던 초소명이었다.

*　　*　　*

금마산 벼랑 저격대.

"킥킥, 마도 최강의 여마 철관음의 인생이 오늘로서 망가지는구나! 그러기에 평소에 이 숙돈 오라비에게 잘 보였어야지……."

초소명이 벼랑 아래의 마차를 내려다보며 키득댔다. 거리가 상당하지만 그곳까지 보는 것에는 그다지 무리가 없었다.

초소명의 옆에는 적양이 중활금을 세워놓고 표적 조준을 하고 있었다. 대활금 사용이 아닌 탓에 곽방과 마요성은 탈출

조에 포함됐다.

"적양 형님이 보시기에는 어떻습니까? 저렇게 꾸며놓으니 옥상이도 한 미모하지 않습니까?"

"훗."

초소명의 물음에 적양은 피식 웃으며 중활금으로 여옥상을 조준해 봤다. 적양의 눈은 마주천안공이 발휘된 은색. 숙돈보다 원거리 사물을 훨씬 더 선명하게 볼 수 있었다.

"예쁘긴 한데, 과연 남자들이 철관음을 여자로서 상대할 수 있을까?"

"무슨?"

"옥상이는 너무 강해. 자고로 여자가 너무 세면 남자의 눈에 여자로 보이지 않는 법이야."

여옥상의 강함은 초소명도 동의했다. 여옥상은 백마총에서도 다섯 손가락 안에 들어갔던 강자였다. 그 후 사 년이라는 시간을 수련에 더 매진했으니 지금은 거의 초인지경이다.

하지만 초소명은 남자의 눈에 여자로 보이지 않는다는 적양의 뒷말에는 동의를 하지 못했다.

"옥상이라고 해서 남자를 만나지 말란 법은 없겠지요. 제 눈엔 옥상이가 아주 예쁜 처자로만 보입니다."

"후후."

적양이 묘하게 웃으며 초소명을 돌아봤다.

"소명 아우는 철관음을 좋아하는 모양이군."

초소명은 낯을 살짝 붉혔다. 사실이 그런 것이다. 그가 마결단 합류를 결정한 이유 안에는 여옥상과 같이 생활하고 싶다는 개인적 소망도 들어 있었다.

"청춘이 부럽군. 앞으로 잘해봐. 이 형에게 도움을 청할 일이 있으면 얼마든지 부탁해. 내 중매쟁이로 적극 나서주지."

적양이 말과 함께 다시 표적지로 눈을 돌렸다.

초소명은 그런 적양의 옆으로 가까이 다가가 히죽 웃었다. 대화와 미소로 서로의 감정이 충분히 교류된다. 마결단의 청춘들과 혈우삼포는 짧은 시간에 가슴에 담긴 말을 스스럼없이 하는 친숙한 사이가 되었다. 그들이 원래 그렇게 다정한 생활을 해온 것은 아니다. 오히려 그 반대였다. 마결단의 단원들은 이제껏 강호인들과 어울리지 못하는 외로운 생활을 해왔다. 그리고 각자의 강호 생활에선 여전히 남과 잘 어울리지 못하는 생활을 한다. 그들이 마결단에서 이전과 다른 모습을 보이는 것은 서로의 삶이 비슷하다는 점에서 동지 의식을 느낀 때문이다.

표적을 조준하던 적양이 문득 말했다.

"참. 고마워, 소명 동생."

"뭐가요?"

"이렇게 마결단에 합류해 줘서."

"무공이 약해 실전에 투입되지도 못하는 몸입니다. 이런 저를 마결단에 받아주었으니 감사는 오히려 제가 해야지요."

"그렇지 않아."

적양이 초소명을 돌아봤다.

"마결단에서 가장 문제가 된 것은 활동의 실체적 그림이 그려지지 않았다는 거야. 그런 점에서 소명 동생의 합류는 마결단에 엄청난 도움이 되고 있어."

"뭐, 전 몽마로서 역할을 하고 있을 뿐입니다."

초소명이 에둘러 말했다. 겸손한 말이지만 실제 초소명이 아니라면 마뇌옥을 침투하는 이런 작전은 구상되지 않았을 것이다.

"그래서 말인데……."

적양이 말을 중단하고 초소명의 눈치를 살폈다. 초소명은 편히 말하라는 뜻에서 고개를 끄덕였다.

"동생의 최종 설계는 태원 저격이야. 난 동생이 그 설계의 성공 확률을 어느 정도로 보는지 궁금해."

어려운 물음인데 초소명은 고민없이 바로 대답했다.

"전부가 아니면 전무입니다."

"무슨 뜻인가? 형이 아둔하여 무슨 말인지 잘 모르겠네."

"이제껏 제가 수천 번도 더 지우고 또 그렸던 그림입니다. 그런 이 설계에 친구들이 전부 목숨을 걸고 움직입니다. 만약 설계가 실패로 돌아간다면…….”

“돌아간다면?”

“그땐 저의 목숨도 끝나게 될 것입니다. 친구들을 다 죽이고 나 홀로 살아갈 용기가 저에게는 없습니다.”

초소명은 말끝에 비장한 모습을 살짝 비쳤다.

목을 건 설계.

초소명뿐만이 아닌 마결단 전부가 그런 각오일 터다.

“하긴.”

적양은 마땅히 답할 말이 없자 피식 웃으며 다시 표적 조준에 들어갔다.

마차가 마뇌옥의 옥문 앞에 멈추어 서고 있었다.

작전의 시작.

적양은 신중한 얼굴로 시위를 당기기 시작했다.

* * *

[마뇌옥이다. 전부 작전 준비해!]

마차가 마뇌옥에 당도하자 능비가 은밀히 전음을 날렸다. 단원들은 응답없이 조용히 눈만 깜짝거렸다. 지금부터는 행동을 함에 한 치의 허점도 보여서는 안 된다.

“정지! 호패를 보이고, 마뇌옥 방문 확인서를 제시하라.”

옥문 입구에서 백여 명의 경비원들에게 일차 저지를 당했다. 이들과 싸워서는 안 된다. 이들은 마뇌옥의 외부를 경비하는 사방철무대의 병력. 여기서 문제가 발생한다면 마뇌옥은 즉시 철벽 보안에 들어간다.

능비가 호패와 방문 확인서를 보이며 말했다.

"저희는 서안의 천화원에서 나왔습니다. 마뇌옥의 부여섭 총관님에게 사전에 연락을 넣어둔 것으로 알고 있습니다만……."

능비의 말에 경비원들이 마차를 주시하며 소곤댔다.

"아하! 천화원! 총관님을 만나러 온다는 분이 바로 이분들이시군."

마뇌옥에 외지의 여인이 방문하는 일은 거의 없다. 규정에도 어긋나는 일인데 오늘이 원단인 터라 특별히 용인되고 있다.

"한데 조향이란 분은?"

경비조장이 마차 상단을 올려다봤다. 여옥상은 하늘색 면사로 얼굴을 가리고 앉아 있었다.

"거기, 면사를 내려봐. 아무리 총관님의 애첩이라지만 확인은 해야 돼."

여옥상이 능비의 눈치를 슬쩍 보곤 면사를 내렸다. 그 순간 경비무인들이 일제히 환호성을 내질렀다. 어떤 인간은 박수까지 쳐댔다.

"우와아아! 죽인다!"

"과연, 과연!"

경비무인들의 열렬한 반응이 나쁘지는 않는지 여옥상이 살짝 미소를 지었다. 그러자 그 미소에 호응하는 새로운 반응이 터져 나왔다.

"오우! 저 눈웃음! 색기가 잘잘 흐른다!"

"미쳐! 나 오늘 꼴려 죽어!"

이런 반응은 여옥상이 절대로 원하지 않는 것. 여옥상은 치솟는 감정을 숨기고자 고개를 깊이 숙였다.

수하들의 열띤 반응 속에서 경비조장이 말했다.

"이해하십시오. 근무에 지친 수하들에게 잠시 즐거움을 주고자 무례한 요구를 했습니다. 자, 안으로 드시지요. 부여섭 총관님께서 아침부터 기다리고 계십니다."

소소한 검문 과정이 생략되고 경비조장이 옥문을 여러 번 두들겼다. 옥문 상단에서 쪽문이 열리며 홍의인이 얼굴을 드러냈다. 마뇌옥의 입구 옥문은 안에서만 열리는 구조이다. 경비조장은 쪽문을 통해 홍의인과 이야기를 잠시 나누곤 여옥상을 그곳으로 불렀다.

"조향 소저 외에 다른 분들은 전원 이곳에서 대기해 주십시오. 혈옥 안으로는 외지인이 들어갈 수 없습니다."

이윽고 혈옥의 옥문이 열렸다. 여옥상은 능비를 한 번 응시하곤 마차에서 내려 옥문으로 걸어갔다.

여옥상을 홍의인에게 인계한 경비조장은 마차로 돌아와 물었다.

"저기 나무통은 무엇이지요? 혈옥의 무인들이 그것에 대해 묻더군요."

능비가 답했다.

"천화원에서 담은 매실주입니다. 조향 소저께서 마뇌옥의 용사들을 위해 특별히 가져오신 것입니다."

경비조장은 고개를 저었다.

"괜한 일을 하셨군요. 옥문 근무 중에는 술과 음식을 먹을 수 없도록 되어 있습니다. 그리고 마뇌옥에는 딱 하나 빼고는 모든 것이 구비되어 있습니다."

"하나라면?"

경비조장이 피식 웃으며 여옥상이 걸어 들어간 혈옥을 돌아봤다.

"여자."

쿵!

경비조장의 말과 함께 혈옥의 문이 다시 닫혔다.

능비는 작전 진행의 마지막 전음을 날렸다.

[여옥상이 문을 열면 경비대원들을 즉시 처리하고 혈옥으

로 침투한다!』

*　　　*　　　*

혈옥 총관 부여섭은 대정맹주 주명상의 심복으로 차기 혈옥대주에 오를 유력한 인물이다. 만사불여라는 별호에서 보듯 매사에 일 처리가 철두철미하기로 유명한데 마뇌옥 근무에서 유일한 사적인 용무가 있다면 한 달에 한 번씩 받는 방가(放暇)에서 서안으로 나가 조향이란 애첩을 만나고 오는 일이다.

최근 두 달 동안 그는 조향을 만나지 못했다. 강남과 강북에서 동시다발적으로 발생한 마도 무리의 소요 때문에 방가가 취소된 탓인데 뜻밖으로 원단을 맞이해 조향이 마뇌옥을 직접 방문하겠다는 서신을 보내왔다.

예전 같으면 그 스스로 조향의 방문을 막았을 것이다. 하지만 그는 이번만큼은 조향의 마뇌옥 방문을 승인해 주었다. 두 달 동안 만나지 못한 애첩이다. 애첩의 뜨거운 가슴이 마냥 그리워지고 있었다.

'조향도 내가 그리웠던 거겠지. 암, 암. 귀여운 것.'

조향이 혈옥에 도착했다는 소식에 그는 반가운 심정으로 처소로 들어섰다. 조향은 침상 끝에 다소곳이 앉아 있었다.

그는 멀리서 찾아온 애첩을 뜨겁게 한번 안아준다는 생각에 무장도 풀지 않고 곧바로 침상으로 향했다.

그런데 침상을 서너 걸음 앞둔 거리에서 그는 문득 멈칫했다. 무언가 이상했다. 아무리 뒷모습이라지만 평소에 그가 알고 있던 조향의 모습이 아니었다. 무엇보다 조향이라고 생각하기에는 키가 너무 컸다.

'누구지?'

의문과 확인은 동시에 이루어진다.

그는 침상으로 다가가던 걸음을 멈추고 소리쳤다.

"네년은 누구냐? 무슨 의도로 감히 조향이로 변장했느냐?"

침상의 여인, 여옥상이 일어나 부여섭을 마주 보곤 생긋 웃었다.

"이거 실망스런 반응인걸. 꿩 대신 봉황인데 당신이 손해 볼 것은 없잖아."

부여섭이 눈빛을 번뜩였다. 자초지종을 알아볼 상황이 아니다. 일단 제압을 해야 한다. 그는 손가락을 호랑이 발톱처럼 세워 여옥상에게 달려들었다.

"흥!"

부여섭이 달려들자 여옥상이 재빨리 치마를 걷었다. 치마 속에서 늘씬한 다리가 뻗어 나와 부여섭의 허벅지를 타격했다. 그저 그런 여인의 발차기가 아니다. 뼈를 부러뜨릴 것 같은 강력한 하단차기다.

"으윽."

부여섭은 이를 악물고 비틀비틀 물러났다. 그의 예상을 완전히 초월하는 여옥상의 각법. 호조수로는 제압이 어렵다고 판단되자 그는 칼을 뽑아 즉각 반격에 나섰다.

스극!

칼날이 여옥상의 머리로 날아갔다.

좁은 공간이다.

몸을 좌우로 운신하기에 곤란하자 여옥상이 빠르게 뒷걸음질을 쳤다.

쿵!

여옥상의 등이 처소의 벽에 다다랐다.

"계집! 죽어!"

부여섭은 일갈하며 칼을 내려쳤다.

파앙!

여옥상의 얼굴 앞에서 드센 불꽃이 튀겼다.

육질과 칼이 충돌한 현상이 아니다.

여옥상의 왼팔 손목에는 묵색의 소형 방패가 형성되어 있었다.

"철관마패라고 하지. 그리고 이건……."

푸욱!

뒤로 물러서려는 부여섭의 복부를 무언가가 관통했다.

팔목 길이의 단창. 여옥상의 삼단연환 철관여의창이었다.

숨이 끊어지기 직전, 부여섭은 의문이 가득 담긴 물음을 던졌다.

"너, 너는 대체 누구지?"

어차피 죽을 인간.

여옥상은 생애 처음으로 배시시한 미소를 지어 보였다.

"꿩 대신 봉황."

여옥상이 옥문으로 들어가고 난 후 한 식경 정도가 흘렀을 무렵이다.

터엉!

옥문의 잠금 장치가 갑자기 풀리는 소리가 들렸다. 외부에 사전 통보 없이 옥문이 열리는 경우는 거의 없다. 경비무인들은 하던 일을 중단하고 전원 옥문으로 고개를 돌렸다.

마차 주변에서 일 없이 대기하던 마결단도 이 순간 옥문을 바라봤다. 시선 방향은 같지만 이어진 행동은 완전히 달랐다.

경비무인들이 옥문을 멍히 주시하던 그때 능비와 남정이 옥문 앞으로 달려가 경비무인들을 덮쳤다. 뿐만 아니라 마부석에서 졸고 있던 해량, 술통 속에 숨어 있던 혁사곽, 이필, 장준까지 한꺼번에 옥문 앞으로 뛰쳐나가 학살에 동참했다. 경비무인들이 도륙되기까지 반 각도 채 걸리지 않은 기습 공격이었다.

"장준만 남고 전부 혈옥으로 들어가!"

경비무인들이 처단되자 능비는 혈옥으로 바로 뛰어들었다. 이제부터는 시간 싸움. 반 시진 후에 경비무인들이 교체될 예정이었다. 그전에 작전을 완료하고 현장을 떠나야 함이었다.

혈옥 안에 들어서자 병장기 충돌음이 요란히 들려왔다. 여옥상이 홍의인들에게 포위되어 치열히 맞싸우고 있었다. 일견하기에도 칼질이 예사롭지 않은 홍의인들. 혈옥이십사병이었다.

능비는 홍의인들 무리 속으로 뛰어들며 청검을 휘둘렀다. 풍검초의 검풍이 홍의인 서넛을 어육으로 만들어 버렸다. 여옥상의 퇴로가 확보되자 능비는 싸우기보다 혈옥 안으로 내달리며 소리쳤다.

"옥상! 그냥 달려! 해량 숙부에게 맡기고!"

말이 끝났을 때 능비의 모습은 여옥상의 시야에서 사라져 있었다. 곧이어 이필과 혁사곽도 능비가 달린 방향으로 내달렸다. 여옥상은 해량을 힐끗 돌아보고는 그들을 뒤따라 달려갔다.

"적이닷! 막아! 저지해!"

홍의인들이 뒤늦게 비상용 호각을 마구 불어댔다. 그러자 혈옥 곳곳에서 홍의인들이 병기를 들고 뛰쳐나왔다. 혈옥의 현장에는 이제 해량 혼자 남아 있었다.

해량은 흑옥으로 들어가는 지하 계단 앞을 막아섰다. 홍의인들이 그런 해량을 보곤 단번에 뚫어버리고자 집단으로 달려들었다.

"너희들 실력으로는 안 돼."

해량이 오른손을 펼쳐 내밀었다. 장심에서 흑색 기운이 물씬 일어나더니 소용돌이 기파를 형성해 홍의인들을 덮쳤다.

"으아악!"

"아악!"

홍의인들이 집단으로 쓰러졌다. 일선의 홍의인은 육체도 제대로 남기지 못했다. 일격 몰살. 홍의인들은 뒤늦게 해량을 아연한 눈으로 쳐다봤다.

해량은 사기가 줄줄 흐르는 음성으로 말했다.

"흐흐, 내 허락 없이는 한 놈도 흑옥으로 들어가지 못한다."

단순히 말을 전했을 뿐인데도 홍의인들이 심장을 부여잡고 비틀거렸다. 해량의 영겁사주공. 홍의인들 수준으로는 애초에 막을 수 있는 무공이 아니다.

그때였다.

"어떤 놈이 감히 혈옥에서 소란을 피우느냐!"

혈옥의 중심부에서 금포중년인이 무섭게 달려왔다. 금포인은 해량의 십 보 전방에서 우렁찬 기합과 함께 금륜을 뽑아 쭉 내던졌다.

콰콰쾅!

금포인의 금륜이 맹렬히 회전하며 해량의 가슴을 타격했다.

금륜은 튕겨 나갔고, 해량은 제자리에서 한 걸음도 움직이지 않았다.

금륜을 회수한 금포인은 해량과 오 보 거리를 두고 동작을 멈추었다.

금포인이 찡그린 얼굴로 입을 열었다.

"영겁사주공, 사왕?"

해량이 씩 웃으며 말했다.

"맹사성. 우리 거의 오십 년 만이지?"

혈옥대주 소유금성 맹사성.

마결단은 잘 모르지만 이 인물 역시 해량과 해묵은 인연이 있다.

해량의 세 번째 죽음 당시 검성의 명을 받아 도부수로서 해량의 목을 직접 날렸던 인물인 것이다.

*　　*　　*

흑옥에 들어서자 내부 구조가 확연히 바뀌었다.

석재 마감의 음습한 통로가 석굴처럼 이어져 있고 통로 좌우측에는 죄인들로 수감된 창살 감옥이 줄줄이 만들어져 있다. 수형자들은 이 순간 창살에 얼굴을 기대어 흑옥에서 벌어진 소란을 의문의 눈으로 구경하고 있었다.

"전부 창살에서 떨어져!"

능비가 통로를 달리며 소리쳤다. 행동은 바로 이어졌다. 그는 달리면서 청검으로 창살을 일자로 갈랐다. 무쇠 창살이 나무처럼 잘려 나갔다. 곧 죄인들이 창살 감옥에서 쏟아져 나왔다. 이번엔 이필이 달리면서 소리쳤다.

"전부 자유야! 어서 탈출하라고!"

이필의 말이 끝나자마자 죄수들이 웅성대며 흑옥 입구로 내달렸다. 죄수들의 상당수가 성향이 거친 무인들이었다. 단전이 제압되어 내공을 사용할 수는 없지만 그 성향만으로도 집단 소란을 일으키기에 충분했다.

"막앗! 놈들을 저지해!"

흑옥 통로의 전방에서 일단의 흑의인들이 달려나왔다. 흑옥의 간수 무인들인 이십사병이었다. 혁사곽이 도끼를 휘두르며 그들의 중심을 갈랐다. 뒤를 이어 이필이 허공답보로 그들의 머리 위를 지나갔다. 둘 다 적과의 교전은 없었다. 흑옥의 군사는 여옥상이 상대하기로 약조되어 있었다.

이필과 혁사곽에 이어 능비가 지옥으로 달려갈 때였다.

흑옥의 무인들이 갈라지며 그 안에서 흑색 도복의 중년인이 검을 휘두르며 달려나왔다. 통로가 꽉 차는 느낌. 마주 본 순간 흑포인의 정체를 짐작했다. 화산파의 장로라는 이장천이다. 능비는 청검을 들어 정면으로 격돌했다.

차차창!

이장천의 검과 청검이 통로 중간에서 정면충돌했다. 통로를 뒤흔드는 쇳소리와 함께 능비와 흑포인이 동시에 두어 걸음 뒤로 물러났다.

"다시!"

재공격은 이장천이 더 빨랐다. 암향표의 발휘. 이장천은 미끄러지듯 바닥을 내달려 일도양단의 수법으로 능비에게 곧장 달려들었다.

"여긴 내게 맡기고 그냥 가! 곧 지옥의 암문이 닫힐 것 같아!"

능비의 뒤에서 여옥상의 음성이 들렸다. 그와 동시에 묵색 단창이 능비의 머리 위를 화살같이 지나갔다.

콰아앙!

다시 폭음이 울리며 이장천의 전진이 중단됐다. 철관마패를 착용한 여옥상이 능비의 앞을 막아섰다. 지금의 여옥상은 마결단 단원들이 웃고 놀려먹던 그 여옥상이 아니었다. 그녀는 그야말로 전신의 재림 같은 위용을 선보이고 있었다.

능비가 말했다.

"괜찮겠어? 상대는 화산파의 장로야."

"저런 자에게 당할 운명이면 백마총에서 나오지도 않았어."

신뢰를 주는 여옥상의 음성.

능비는 그런 여옥상을 진하게 한 번 쳐다보곤 뒤돌아 달렸다.

달려갈 때 그의 등 뒤에서는 폭음이 드세게 울렸다. 여옥상과 이장천의 격돌이 전초전 없이 바로 벌어진 모양이었다.

흑옥 지하 입구.

그그그긍.

화강암 차단벽이 통로 양쪽 공간에서 닫히고 있었다. 흑옥의 상황이 지옥에 알려졌다는 뜻이었다. 능비는 암문이 거의 닫히기 직전 지옥 안으로 뛰어들었다.

'이곳은?'

지옥에 들어선 그는 순간적으로 멈칫했다. 지하 감옥의 음습한 환경을 예상했거늘, 지옥 안은 석재로 깨끗하게 마감된 광장 형태의 사각 공간이었다. 광장 공간의 벽면에는 야명주가 줄지어 박혀 있어 어둡지도 않았다.

'필이와 사곽이는?'

이필과 혁사곽은 광장의 우측 끝에서 일단의 적들과 교전 중이었다.

'지옥십팔병?'

초소명의 정보에 의하면 지옥을 지키는 십팔 인은 감옥의 간수라기보다는 대정맹에서 비밀리에 키우는 살수들에 가깝다고 하였다. 한편으로 백룡검대 중에서 구룡에 오르지 못한 정파의 청춘 무인들이라고 하였다.

"이필, 혁사곽, 물러나!"

능비는 일검에 쓸어버린다는 생각으로 청검을 들어 풍멸검식을 발휘했다.

풍멸검식의 위력은 이필과 혁사곽이 산동에서 직접 겪어 보았다. 둘은 풍멸검식이 발휘됨과 동시에 싸움을 중단하고 검초의 사정권에서 물러났다.

콰콰콰콰!

풍멸검식이 현장을 덮쳤다.

능비를 조금 당혹하게 하는 일은 풍멸검식이 발휘되었음에도 불구하고 지옥십팔병 중에서 겨우 셋만 잡았다는 것이다. 이필과 혁사곽이 몸을 피하던 순간 지옥십팔병도 본능적으로 사방으로 피신해 버린 것이다.

능비는 지옥십팔병을 노려본 상태에서 이필과 혁사곽에게 전음을 날렸다.

[여긴 내가 상대할게. 너흰 어서 목예추부터 찾아!]

이필과 혁사곽이 조용히 고개를 끄덕였다.

지옥의 무인들은 능비가 상대한다고 미리 약속이 되어 있었다. 능비가 이번엔 뇌벽검을 준비했다. 뇌전기력이 황검에 모이기 시작했다. 분위기가 심상치 않자 지옥십팔병도 한곳으로 집결해 검기를 모았다.

[이필, 혁사곽! 가! 지금!]

전음과 함께 능비가 지옥십팔병을 향해 뇌벽검을 내려쳤다.

콰아앙!

뇌벽검이 지옥십팔병의 합벽을 깨부수고 지나갔다. 지옥십팔병 중에서 셋은 즉사, 넷은 중상. 살아남은 무인들은 이 현실을 믿지 못하겠는지 불신의 음성을 토해냈다.

"우우!"

"말, 말도 안 돼! 어찌 이런 검공이!"

그들이 아연한 심정을 표할 때 능비는 황검을 백검으로 교체하고 그들을 향해 뚜벅뚜벅 걸어갔다. 그의 눈이 백안으로 변했다. 그는 한기를 쏟아내는 백검을 수평으로 들고 말했다.

"살려줄 생각 없으니 그냥 전부 죽어!"

백검이 광장의 공간을 갈랐다. 정면 승부로는 안 된다고 판단한 지옥십팔병이 사방으로 재빨리 흩어졌다. 그러나 그것은 최악의 생각. 막힌 공간에서 빙란검의 한기를 피할 곳은 존재하지 않았다.

"으윽!"

지옥십팔병이 빙란검에 하나하나 쓰러져 갔다. 차라리 정면으로 대적했다면 이보단 결과가 나았으리라.

상황이 정리되자 능비는 백검을 돌려 넣고 이필과 혁사곽이 뛰어들어 간 통로로 몸을 돌려 걸었다.

"응?"

그는 걷다 말고 문득 멈칫했다.

전투 상황이 아직 끝나지 않았다. 반대편 광장의 끝에 황의 중년인이 우뚝 서 있었다.

황의인의 정체는 어렵지 않게 알 수 있었다.

'지옥대주 불사금강 사마승.'

신장은 육 척 정도에 불과하지만 사마승의 존재감은 실로 대단했다. 마주 보고 있자니 광장의 그 넓은 공간이 꽉 들어차는 기분이었다.

사마승이 말했다.

"너는 대체 누구냐? 우리 아이들을 이리도 쉽게 처리하다니, 네 무공이 정말 놀랍구나."

놀랍다는 말의 내용과 다르게 사마승의 음성과 얼굴에선 감정의 자국이 보이지 않았다.

능비는 사마승의 움직임을 주시하며 차갑게 대꾸했다.

"글쎄, 내가 누군지 물어보기에 앞서 무슨 목적으로 마뇌옥을 방문했는지 그것부터 먼저 알아봐야 하지 않을까?"

"방문이라……."

사마승이 능비를 진하게 응시하곤 앞으로 뚜벅뚜벅 걸어왔다. 쿵! 쿵! 쿵! 쿵! 일보씩 내걸을 때마다 광장이 크게 진동했다. 능비는 상대거리가 다섯 걸음으로 좁혀지자 사마승의 보폭에 맞추어 뒤로 물러섰다. 사마승의 걸음은 단순한 보법이 아니었다. 오 보 안에서는 무형의 압력만으로 상대를 질식사시킨다는 소림의 대나이천추보법이었다.

대나이천추보법 아래서도 능비가 평정심을 유지한 모습을 보이자 사마승이 걸음을 멈추고 말했다.

"내가 곧 죽을 놈 따위에게 목적을 들을 필요가 있을까? 목적은 네가 아닌 다른 놈들에게 들어봐도 충분하거늘."

"그럼 죽여보시던가."

능비는 날선 대답과 함께 고개를 조금 숙였다. 유성검 발검 직전의 모습이다.

"좋아, 그럼 멋지게 죽여주지."

사마승이 처음으로 감정의 흔적을 드러냈다. 그리고 그와 동시에 합장의 자세를 하고는 능비를 향해 곧장 달려왔다. 달마칠십이종절예 중의 반선불인수다.

파앙!

능비의 흑검에서도 유탄초식이 발출됐다. 유탄초식은 날아감과 동시에 사마승의 가슴을 정통으로 갈랐다. 아니, 가슴을 가른 것이 아니라 적중과 동시에 튕겨 나갔다.

"젓가락질도 못 되는구나! 타아앗!"

유탄을 튕겨낸 사마승이 능비의 눈앞에 다다라 합장 자세를 풀었다. 풀린 손바닥 안에서 벼락 치는 것 같은 폭발이 일어났다.

능비는 이때 뒤로 달리는 것 같은 빠른 퇴보로 몸을 피했다. 단순히 물러나기만 한 것이 아닌 뒷걸음질 과정에서 흑검을 연이어 내찔렀다. 일검은 유섬이요, 이검은 유탄, 그리고 삼검은 유성의 빛줄기, 유성검초이다.

파앙! 파앙! 파아아앙!

유성삼검의 맹폭에 사마승이 엉덩방아를 찧었다. 신법의 수준이 낮아서가 아니다. 사마승이 반선불인수를 한 번밖에 사용 못했을 정도로 능비의 유성검 사용이 재빨랐다.

"죽어!"

능비의 이어진 공격도 빠르다는 측면에서는 유성검만큼이

나 빨랐다. 그는 사마승이 바닥에 엉덩방아를 찧던 그 순간 청검을 빼들어 벼락같이 휘둘렀다.

쿠아아아!

무방비로 앉아 있는 사마승을 향해 날아가는 바람의 검기!

삭풍의 검, 일초식 풍검초다.

카캉!

"어?"

뜻밖의 결과에 능비의 동작이 순간적으로 중지됐다. 바위도 잘라 버리는 풍검초식이 사마승의 목을 분명 횡으로 갈랐다. 그런데 어이없게도 육질이 잘리는 소리가 아닌 쇳소리가 쩌렁 울렸다.

사마승이 일어나 씩 웃었다.

"젓가락이란 말 취소하지. 하마터면 목이 잘릴 뻔했어."

말과 함께 사마승은 오른손을 펼쳐 능비에게 겨누었다.

손바닥에 맺히는 노란 빛무리.

소림사의 유명한 절학 반야선장이다.

'피할 수 없어! 피하면 그땐 죽어!'

판단이 틀리지 않았다. 선이 아닌 파동으로 진행되는 반야선장은 일단 발휘되면 상대가 마음대로 피할 수 있는 무공이 아니었다. 몸을 피하고자 하면 오히려 더 참혹한 결과만 불러올 뿐이었다.

'최선의 방어는?'

푸아아앙!

능비가 방어 수단을 강구하던 순간 반야선장이 발출됐다. 공간이 물결처럼 파도쳐 몰려온다. 능비는 청검을 가슴 앞에 세워 물결 속으로 뛰어들었다. 피할 공간이 없다면 뚫고 나간다는 것. 생각은 단호했으나 결과는 신통치 않았다. 능비는 반야선장의 파동에 휘말려 광장 반대편의 벽면에 처박혔다.

"하아아앗!"

사마승이 짧은 기합과 함께 공중으로 떠올랐다. 가부좌를 틀고 한 손 합장을 한 모습. 달마칠십이종절예 중의 여래환원강. 사마승은 그 모습 그대로 빛살처럼 날아가 능비의 몸과 육탄 충돌을 일으켰다.

쿠아앙!

광장의 벽면이 박살 났다. 충돌의 위력을 보여주듯 바닥까지 거미줄처럼 갈라졌다.

잠시 후 사마승이 뒤로 천천히 걸어나왔다. 사마승의 전방에는 능비가 백검을 손에 들고 백안을 번뜩이는 모습으로 걸어나오고 있었다.

"맞아. 먼저 죽이면 돼. 그걸 몰라 괜히 고민했어."

능비는 빙란검을 휘두르며 전진했다. 사마승이 방어하려다 말고 멈칫하는 반응을 보였다. 뼈가 시린 한기가 사마승의 원활한 동작을 막고 있었다. 한기를 동반하는 빙란검은 사마승으로서도 처음 접해보는 검공. 사마승은 급히 반야소선강을 날려 빙란검을 막았다. 그러나 빙란검은 어이없다 싶을 정도로 쉽게 반야소선강을 깨고 사마승에게 날아왔다.

"죽어!"

능비가 빙란검을 내려쳤다. 사마승은 두 손을 이마 위로 들어 이번엔 반야대선강을 일으켜 전력을 다해 빙란검을 막았다.

"어?"

격돌 직전 사마승의 입에서 당혹의 신음이 흘러나왔다.

능비가 내려친 빙란검은 일도양단의 검초가 아닌 현음기력의 발출이었다.

콰아앙!

둘의 격돌과 동시에 능비가 뒤로 튕겨 바닥을 굴렀다. 능비가 패한 것이 아니었다. 이 순간 빙란검의 한기가 사마승의 전신을 하얗게 뒤덮고 있었다. 사마승의 전신은 순식간에 얼어붙었고 좀 있어 동작까지 중단됐다.

승부를 끝낼 기회!

'잡았어!'

능비는 구르던 동작을 와락 멈추고 녹검을 뽑아 동작이 고정된 사마승의 복부를 조준했다. 빗살처럼 날아간 녹기검탄은 한 치의 어김도 없이 사마승의 북부를 관통했다.

"크윽!"

사마승은 악문 신음과 함께 서서히 고개를 숙였다.

'죽었어? 이렇게 쉽게?'

녹기검탄 사용 후에 능비는 앉은 자세 그대로 사마승의 상태를 살폈다. 사마승은 죽은 듯 아무런 기척을 보이지 않았다.

'정말 죽었다고?'

사마승을 잡았다는 감흥이 도무지 안 생긴다.

불안스런 감정을 지우자면 확실하게 척살을 해야 한다.

능비는 벌떡 일어나 사마승에게 다가갔다.

일보 또 일보.

사마승의 삼 보 앞에서 능비는 와락 물러났다.

사마승이 고개를 번쩍 들어 올리고 있었다.

쿠아아앙!

얼어붙은 사마승의 몸에서 광장을 부술 것 같은 폭발이 일어났다.

폭발 이후 사마승의 전신에 휘감겼던 빙란검의 현상이 사라졌다.

가륵, 가륵.

사마승은 목을 이리저리 움직여 보곤 이상이 없자 능비를 쳐다보며 말했다.

"너는 참으로 위험한 검공을 소유하고 있구나. 그래, 그 검공은 대체 무엇이냐?"

승부는 이제 원점으로 돌아갔다.

능비는 이 결과에 실망하지 않았다. 산동의 악불강은 비교가 안 될 만큼 강한 존재. 그런 초인을 마주하고 있자니 오히려 전의가 치솟고 있었다.

능비는 좀 전, 사마승의 말을 비꼬아 말했다.

"곧 죽을 인간이 그런 것은 알 필요가 없지 않겠어?"

빙란검으로는 확실히 처단하지 못한다는 생각에 능비는 이제 홍검을 빼들었다. 사마승이 그것을 보고는 흥미로운 눈으로 물었다.

"오호! 이번엔 또 무엇이냐? 너는 나를 즐겁게 하는 재주가 아주 많구나."

"그건, 염라대왕에게 물어봐!"

능비는 말과 함께 홍검을 대각으로 세워 휘둘렀다.

열화검의 불길이 사마승의 전신을 무섭게 지나갔다. 사마승은 새까맣게 타버린 의복을 보며 다시 한 번 곤혹한 신음을 토해냈다. 양의 검기라고 여겼거늘 그런 수준이 절대 아니다. 이건 거의 화염 수준의 불길이다.

"정말 재밌는 놈이로다!"

화염이 직격으로 날아오자 사마승이 신체를 좌우로 흔들었다. 그러자 무림사 최고의 신법이라고 불리는 소림연대구품이 시전됐다.

촤르르르르르르!

병풍처럼 횡으로 펼쳐지는 사마승의 육체.

모습은 전부 아홉 개.

어떤 것이 사마승의 진짜 모습인지는 알 수 없다.

아홉의 사마승이 일제히 손가락 하나를 들어 능비에게 겨누었다.

"불력무한! 일지금선!"

팟! 팟! 팟! 팟! 팟! 팟! 팟! 팟! 팟!

아홉 줄기의 실선이 능비를 향해 날아갔다. 아홉 중에 하나만 진짜라고 생각하면 오산이었다. 아홉 개의 일지선 전부가 진짜 일지선이었다. 다시 말해 아홉의 신형 전부가 사마승의 모습이란 뜻이었다.

'그만큼 빠르게 움직이고 있다는 거겠지.'

쾅!

일지선이 발출될 때 능비는 홍검을 거꾸로 돌려 잡고 광장 바닥에 강하게 찍었다. 폭음과 더불어 불길이 확 치솟았다. 아홉 개의 일지선은 그 불길 속을 관통하고 지나갔다. 불길이 곧 사그라졌다. 능비는 깨진 바닥 아래에 몸을 웅크리고 있었다.

사마승이 그 모습을 보고는 감탄을 표했다.

"호오, 멋진 임기응변! 이제 보니 단순히 칼질만 잘하는 무인이 아니로구나."

능비가 바닥 아래에서 걸어나왔다. 오른손의 홍검에 이어 백검까지 왼손에 들고 있었다.

능비는 사마승을 노려보며 말했다.

"난 당신처럼 말싸움을 즐길 만큼 여유롭지 않아. 하니 이제 내가 죽든 당신이 죽든 끝을 봐야겠어."

화르르르! 스스스스!

빙란검과 열화검이 동시에 발휘됐다. 능비는 불길과 냉기를 쏟아내는 음양검을 휘두르며 사마승에게 달려들었다. 불길을 피하면 냉기가 쏟아지고, 냉기를 피하면 화염이 쏟아진다. 대적이 어려워지자 사마승이 다시금 연대구품을 시전했다. 그러나 이번엔 능비가 아까처럼 무대책으로 당하지 않았다.

"진짜이든 가짜이든 모조리 태워 버리겠어!"

아홉 개의 신형을 전부 상대한다는 것. 곧 화염검이 광장의 공간을 활활 태웠다. 빙란검도 이에 질세라 극한기를 몰아쳤다. 얼어붙고 불타는 공간. 극한기와 화염이 서로 만나는 곳에선 어김없이 폭발이 일어났다. 폭발이 거듭되자 지하 광장이 허물어지기 시작했다. 천장에서는 돌 부스러기가 비 오듯 떨어졌고, 벽면은 쩍쩍 갈라졌다. 이윽고 사마승이 연대구품 발휘를 중지했다. 아홉 개의 분산된 신형으로 음양합벽검을 상대하기에는 무리가 있다고 판단한 것이다.

"오냐! 승부를 봐주마!"

사마승이 호기로운 음성을 터뜨리며 손을 가슴에 모아 반원을 그렸다. 그러자 전신에서 황금빛이 발산되더니 손목에서 부처의 후광 같은 황금 고리가 형성됐다.

"번뇌의 세상에서 마귀를 잡고자 법륜의 바퀴를 돌린다!"

사마승의 음성과 함께 황금 고리가 능비를 향해 날아갔다.

황금 고리.

그저 그런 소림 무공이 절대 아니다.

달마칠십이종절예 중에서 위력이 너무 강해 달마삼절로 따로 불리는 무공 중의 하나, 항마대법륜이다.

'단순한 대응은 안 돼! 빙열폭…….'

능비는 빙란검과 열화검을 열십자로 모아 황금 고리에 정면으로 맞섰다.

콰아아아앙!

교차된 양검에서 천번지복의 폭발이 일어났다. 황금 고리뿐만이 아닌 광장의 사방 벽면까지 일거에 박살 나버렸다. 빙열폭의 위력에 사마승도 주르륵 밀려 나갔다. 승부는 아직 끝나지 않았다. 사마승은 퇴보 와중에 다시금 황금 고리를 만들었다. 이번에 하나가 아닌 두 개였다.

푸아아앙! 푸아아앙!

첫 번째 황금 고리는 음양합벽검을 직격했고, 두 번째 황금 고리는 능비의 가슴을 곧장 타격했다.

"크으윽!"

능비는 피를 울컥 토하며 뒤로 날아갔다. 충격의 여파에 빙란검과 열화검은 손에서 놓쳤다. 그것을 본 사마승이 세 번째 황금 고리를 만들기 시작했다. 이번에는 이전보다 두 배는 더 큰 크기이기에 시간이 다소 걸리고 있었다.

'기회!'

그 순간 능비는 눈빛을 번뜩였다. 적은 그의 손에 검이 없다는 생각에 순간적으로 긴장을 풀고 있었다. 방심하지 않았다면 이 급박한 순간에 위력에 치중된 고리를 형성하지 않았을 것이다. 능비는 손을 등 뒤로 돌려 황검을 번개같이 뽑아냈다. 뇌벽검은 늦다. 지금은 무엇보다 속도에 집중할 순간이다. 유성검도 안 된다. 유성검의 위력으로는 저 초인을 잡을 수가 없다.

'백환조!'

속도와 위력을 동반하는 공격!

백두검 이초식 백환조!

능비는 생각과 동시에 전력을 다해 황검을 사마승에게 내던졌다.

카아아아아아아!

일직선으로 날아가는 황검!

한순간 황검의 모습이 매의 형체로 바뀌었다.

"응?"

황금 고리를 형성하던 사마승이 문득 멈칫했다.

그러나 이미 늦어버린 상황.

현 상태에서는 백환조를 막을 수도 없고 피할 수도 없다.

콰아아아앙!

"크으으윽!"

백환조에 정통으로 직격된 사마승은 참담한 비명과 함께 뒤편의 광장 끝까지 단숨에 날아갔다. 그리고 깨진 벽면을 완전히 박살 내며 그 아래 어둠의 공간으로 뚝 떨어졌다.

"이런!"

사마승이 시야에서 사라지자 능비가 급히 그곳으로 달려갔다. 석재 벽면 뒤에는 암굴 형태의 지하 공간이 있었다. 일견하기에도 아득한 깊이였다.

지하로 뛰어내려서 확인 척살을 해야 할까?

능비는 잠깐 생각해 보곤 그냥 뒤로 돌아섰다.

작전이 시작된 지 적어도 한 식경은 지났다.

사마승의 죽음을 확인할 시간적 여유가 없었다.

"마결단장!"

때마침 뒤돌아선 전방에서도 눈에 익숙한 인간들, 이필과 혁사곽이 달려나오고 있었다.

第六章
불사금강 사마승

"후아! 잠깐 사이에 완전히 전쟁터가 되어버렸어! 대체 둘이서 얼마나 대단한 싸움을 했던 거야?"

이필이 파괴된 지하 광장을 돌아보곤 호들갑을 떨었다.

혁사곽도 소감을 밝혔다.

"대단해! 설마 했는데 정말로 사마승을 잡았어. 무림사에 육절검마란 이름이 영원히 기록될 거야."

능비는 둘의 찬사에 개의치 않고 작전 진행에 대해 물었다.

"임무는 완수했어?"

마뇌옥에 뛰어든 둘의 임무는 각각 다르다. 이필은 일패를 잡아오는 임무이고, 혁사곽은 목예추를 구해오는 임무이다.

혁사곽이 자신의 등을 가리키며 먼저 말했다.

“물론이지. 지금 여기서 편히 잠자고 있어.”

혁사곽의 등에는 커다란 자루가 올려져 있었다.

“잠?”

“응. 목예추를 간신히 찾긴 찾았는데 대면한 자리에서 이것저것 설명하자니 너무 어렵더군. 그래서 그냥 한 방 갈겨 기절시켜 데리고 왔어.”

능비는 혁사곽의 말에 동의했다. 단순 무식하지만 혁사곽의 방식이 가장 최선일 수가 있다.

“그러면 이필은? 너도 기절시켜 데리고 왔어?”

“으음.”

이필은 곤혹한 신음을 흘릴 뿐 답을 못했다.

능비가 다시 물었다.

“어떻게 된 거야? 일패를 찾지 못한 거야?”

이필이 고개를 저으며 그제야 입을 열었다.

“찾긴 찾았어. 한데 그게 좀…….”

“이필!”

우물쭈물하는 이필의 모습에 능비가 매섭게 눈을 떴다. 그러자 이필은 능비의 등 뒤를 힘없이 가리켰다.

“저기.”

"응?"

이상한 느낌에 능비가 뒤돌아섰다.

얼굴은 노인. 신체는 삼십대.

나이 추정 불가의 건장한 장년인이 그곳에 서 있었다.

이필이 말했다.

"일패 관두척이야. 내 능력으로는 도무지 통제가 안 되는 사람이야. 탈출시켜 주겠다고 했더니, 기가 막히게도 도리어 왜 이제야 왔느냐고 호통을 치더군."

"하! 이거야 원!"

이필의 말에 혁사곽이 실소를 터뜨렸다. 그러자 그 모습을 본 관두척이 혁사곽을 부릅뜬 눈으로 쳐다봤다. 이 눈빛. 장난이 아니다. 혁사곽은 자신도 모르게 몸이 위축되어 한 걸음 뒤로 물러났다.

뚜벅뚜벅.

관두척이 앞으로 걸어왔다. 힘과 여유가 넘치는 걸음이었다. 겉모습만으로는 사십 년도 넘게 연금당한 인물이라고 도무지 생각할 수 없었다.

관두척이 능비의 삼 보 앞에 서서 말했다. 묵직한 저음이었다.

"승이를 잡은 애가 너냐?"

'애' 는 능비를 지칭한 말이고, 승이는 사마승을 가리킨 말일 것이다.

이것을 대체 어떻게 받아들여야 할까.

능비는 달리 답할 말이 없어 일패의 행동을 가만히 주시하기만 했다.

능비를 쳐다보던 일패는 이제 현장을 이곳저곳 돌아보고 있었다.

"승이가 항마대법륜을 발휘했구나. 기특한 놈. 나 모르는 사이에 거의 구성의 경지에 이르렀어. 이 정도면 달마가 되살아나도 능히 대적이 가능하겠어."

한 시대를 호령했던 인물답게 눈썰미 하나는 대단하다.

현장을 돌아보던 일패가 다시 돌아섰다. 일패는 능비를 조금 더 진하게 쳐다보고 있었다.

"허나 우리 때는 말이야, 이 정도는 아무것도 아니었어. 당시 내가 키우던 애들은 기본 실력으로 달마와 장삼봉을 찜쪄 먹었지. 우린……."

"노선배!"

능비는 일패의 말을 잘랐다. 일패가 아무리 대단해도 지금은 작전 우선이었다. 일패의 한가한 말을 계속 들어줄 만큼 상황이 여유롭지 않았다.

"선배의 시대는 오래전에 끝이 났습니다. 하니 옛날 말은 하지 마시고 지금 우리를 따라 마뇌옥을 나가주셔야겠습니다."

능비는 일단 예의를 차려 일패를 대했다. 천하를 피로 물들인 악인임이 틀림이 없지만 일패는 어쨌든 강호를 완전히 장악했던 군림사주의 일원이었다. 때려죽일 때 죽이더라도 거물 대접은 해주어야 했다.

능비의 이런 심정도 모르고 일패가 눈을 부릅떠서 소리쳤다.

"뭐라? 옛날 말? 이런 고약한 놈! 네놈이 진정 폭압도의 맛을 보고 싶은 게구나!"

폭압도. 신주절대구검의 하나.

관두척의 그 말에 능비는 자신도 모르게 흠칫했다. 이필과 혁사곽도 순간적으로 긴장하는 모습을 비췄다.

"본좌를 노하게 하지 말라. 본인은 결단이 서면 인정을 모른다."

어조와 눈빛에서 위압이 실로 대단한 관두척이다. 능비가 이제껏 만난 어떤 위인도 이런 위압을 선보이지 못했다.

'아직까지 무력을 소유하고 있었단 말인가?'

능비는 문득 의심이 들었다. 검성과 도성은 일패를 원수처럼 싫어했다. 그런 그들이 일패를 마뇌옥에 연금함에 일패의 무공을 그대로 두었을 리가 없었다.

'강호인 모르게 무공을 회복했단 말인가?'

그럴 가능성이 아주 없지는 않았다. 역대로 무림에선 단전이 파괴되고도 훌륭히 재기를 했던 절정고수가 제법 되었다.

'확인을 해야 해, 지금!'

일패가 무력을 소유하고 있다면 이건 심각한 문제였다. 마결단의 작전에 문제가 생기는 것은 물론이요, 자칫하면 천하를 다시금 암흑 속으로 몰아넣는 일이 될 수 있었다.

스르릉.

능비는 백검을 뽑아 들고 말했다.

"우리를 따라가든 아니면 지금 목이 잘리든 선배가 결정하시오."

"카핫! 검성과 도성도 못 자른 내 목을 네놈 따위가 잘라? 그게 진정 가능하다고 생각하느냐?"

"못할 것도 없지."

능비는 백안을 번뜩이며 일패를 강하게 노려봤다. 엄포가 아니라, 일패가 반발하면 정말로 그렇게 진행할 생각이었다.

"으음."

능비가 일사불전의 모습으로 나오자 일패의 얼굴이 순간적으로 굳었다.

능비로선 일패의 얼굴이 굳어버린 이유를 아직은 알 수 없었는데 그 시점에서 그만 변수가 생겼다.

"아아아아아아아아!"

광장 어디에선가 강력한 내력이 담긴 사자후가 울렸다.

"뭐야? 누구야?"

"어디에서 들려오는 소리야?"

이필과 혁사곽이 사자후의 발원지를 찾아 고개를 이리저리 돌렸다. 능비는 그들보다 먼저 사자후의 발원지를 찾아냈다. 그는 조금 전 사마승이 지하로 추락한 벽면으로 뛰어갔다. 이필과 혁사곽도 그를 따라 달려왔다.

지하에서 노란 빛무리가 솟아오르고 있었다.

저것의 정체가 될 인물은 하나밖에 없다.

이필이 능비를 쳐다보며 물었다.

"안 죽은 거야?"

"으음."

능비는 대답 대신 곤혹한 신음을 흘렸다. 유성검, 삭풍검, 녹탄검, 빙란검, 열화검, 백두검, 육종의 검공을 모두 사용했거늘 사마승이 아직 건재했다. 인간이 아닌 무신을 상대한 심정이었다.

혁사곽이 긴장된 음성으로 물었다.

"어떻게 하지? 곧 당도할 것 같아."

능비는 고민없이 바로 뒤돌아섰다.

"일단은 여기를 빠져나가자. 시간이 너무 지체되었어."

능비의 결정이 옳다. 반 시진에 다다랐다. 이젠 싸우고 싶어도 싸울 수가 없다.

"나가자, 지금!"

세 사람은 거의 동시에 지옥의 입구로 내달렸다. 그러던 한 순간 그들은 약속이나 한 듯 신형을 멈추고 고개를 되돌렸다. 일패를 처리하는 문제가 아직 남아 있었다.

능비가 소리쳤다.

"선배, 어떻게 할 거요? 마뇌옥을 빠져나가고 싶으면 어서 우리에게 오시오."

사마승의 사자후는 관두척도 들었다. 관두척은 능비의 눈치를 슬쩍 살피곤 입구 쪽으로 걸어왔다.

"행동은 비록 괘씸하나, 본인은 원래부터 굽실거리는 놈들보다 도전적인 아이들을 더 총애했다. 하니 네놈의 건방진 행위는 특별히 눈감아주도록 하겠다."

결국 같이 나갈 것이면서 변명처럼 주절거리는 말. 이 급박한 시기에 산보를 나온 듯한 느긋한 걸음. 능비는 그런 일패의 모습에 그만 짜증이 확 밀려들었다.

"선배, 어서 뛰란 말이오! 시간이 없소!"

능비의 짜증난 심정도 모르고 관두척이 심드렁히 대꾸했다.

"거기 기다리고 있으라. 본인은 이제껏 단 한 번도 뛰어본 적이 없다."

"어휴! 진짜!"

능비는 독기 어린 눈으로 이필을 획 돌아봤다.

"이필, 가! 가서 반쯤 죽여놔!"

"응? 내가? 싫어, 니가 해."

이필이 망설이는 모습을 비췄다. 일패를 상대하자니 찜찜한 심정일 터다.

"내가 가면 저 인간을 죽여 버릴 것 같아. 그러니 니가 가서 처리해."

"씨!"

마결단장의 명이다. 이필은 일패를 향해 돌아서기 무섭게 허공으로 도약했다. 사실 일패가 짜증스럽기는 능비와 피차일반이다.

비공 거리 십 장.

허공답보의 신법을 발휘한 이필은 일패의 앞에 다다르자마자 뒤돌려 차기를 일패의 턱에 꽂아 넣었다.

뻐억!

한 방에 나가떨어진 일패.

게거품을 입에 줄줄 물고 있다.

이필이 그 모습을 보고는 실소를 토했다.

"하! 이 인간 이제 보니 완전 맹물이잖아."

능비가 일패의 앞으로 달려왔다.

"젠장, 내 그럴 줄 알았어."

능비는 쓰러진 일패를 옆구리에 둘러 안고 곧장 지옥의 입구로 내달렸다. 이필과 혁사곽도 그의 뒤를 재빨리 따라갔다.

후우우웅! 쿠콰콰쾅!

그들이 현장을 빠져나갔을 때 지하 광장의 바닥에선 황금빛 인영이 회오리바람 같은 기파를 몰아치며 솟아올랐다.

* * *

"남정! 옥상! 상황 종료다! 현 시각 전원 탈출해!"

능비의 음성이 흑옥을 쩌렁 울렸다. 흑옥 안은 아직 전투가 한창이었다. 남정은 혈옥으로 올라가는 입구 앞에서 혈옥의 무인들과 싸우고 있고, 여옥상은 혈옥의 중앙 지점에서 이장천과 치열하게 맞싸우고 있었다.

"나는 괜찮으니 옥상이를 어서 지원해 줘."

남정이 혈옥의 무인 하나를 쓰러뜨리며 소리쳤다. 감옥을 빠져나온 죄수들이 남정을 도와주고 있었기에 여옥상보다 남정의 싸움이 한결 여유가 있었다.

능비는 기절한 일패를 바닥에 내려놓고 황검을 빼들어 이장천을 조준했다.

우우우우웅!

뇌벽검을 발출할 수준이 되자 능비는 즉시 전음을 날렸다.

[옥상! 피해!]

쿠아아아앙!

뇌벽검이 발출됐다. 뇌전검기는 여옥상과 싸우던 이장천을 일격함과 동시에 그 뒤편의 벽면까지 일거에 박살 내버렸다.

잠시 후 바닥에 엎드렸던 여옥상이 뛰어왔다.

"굉장하군. 방금 전의 그거 뇌벽검인가?"

여옥상이 번쩍거리는 황검의 검신을 눈짓하며 물었다.

능비는 여옥상의 물음에 답하지 않고 찡그린 눈으로 전방을 바라봤다. 무너진 벽면 뒤에서 이장천이 산발이 된 몰골로 걸어나오고 있었다. 상황이 촉박해 뇌전기력을 오할 정도 집약시켰다고는 하지만 그래도 이건 그의 예상에서 한참 빗나간 결과였다.

여옥상이 이장천을 눈짓하며 말했다.

"생각보다 조금 더 세더군. 화산파에서 충분히 다섯 손가락 안에 들어갈 고수야."

대정맹의 용정대군들. 그들이 얼마나 강한지 간접적으로 설명하는 말이었다.

"옥상은 먼저 혈옥으로 올라가! 참, 갈 때 저 인간, 일패를 데리고 가!"

능비는 말과 함께 황검을 돌려 넣고 홍검을 빼들었다. 여옥상이 능비의 그런 모습을 잠시 묘하게 쳐다보고는 뒤돌아 일패를 향해 뛰어갔다.

능비는 홍검을 머리 위로 들고 이장천을 무섭게 노려봤다. 뇌벽검에 황천 구경을 잠시 했던 이장천이었다. 이장천이 걸어오다 말고 급히 방어 자세를 취했다.

능비가 중얼댔다.

"이번에도 또 살아나 봐. 뇌전으로 안 된다면 태워 죽이겠어."

홍검에서 화염이 치솟았다. 화염은 홍검의 검신을 타고 구체로 집약되었고, 능비는 그 순간 이장천을 향해 홍검을 내려쳤다.

화르르르르! 파아앙!

화염 덩어리가 도깨비불처럼 이장천을 향해 날아갔다.

"으읏!"

이장천이 바닥을 굴러 간신히 화염을 피했다. 이장천을 비켜간 화염은 주변의 사물을 활활 불태웠다.

이 불은 소화가 안 되는 열화의 불꽃.

능비가 처음으로 만들어낸 열화검의 초식, 열화탄이었다.

열화탄의 창안에 조력자를 찾자면 악불강과 사마승이었다. 그들과 사투를 벌이고 난 후로 능비의 육종검공이 훨씬 더 진화해 버린 것이다.

화르르르, 콰앙! 화르르르, 콰앙!

능비가 홍검을 휘두를 때마다 열화탄이 날아갔다. 이장천은 대적은커녕 몸을 피하기에 여념이 없었다. 능비의 열화탄 발휘가 열 차례를 넘어가자 이젠 피하는 것마저도 여의치 않게 되었다.

흑옥이 온통 불타고 있었다.

쾅!

이장천에겐 구원의 사자!

지옥의 입구가 돌연 박살 나며 사마승이 흑옥으로 올라왔다.

능비는 즉시 열화탄의 표적을 사마승에게 돌렸다.

화르르르! 파아앙!

화염에 휩싸인 사마승!

능비는 사마승의 그런 모습을 확인하고는 곧장 뒤돌아 혈옥으로 올라갔다.

느낌이 안 좋다.

열화탄도 사마승은 어쩌지 못할 것 같은 기분이다.

마뇌일옥 혈옥.

감옥에서 빠져나온 죄수들로 복잡한 혈옥이었지만 전투

상황은 해량으로 인해 한참 전에 종료됐다. 해량의 발밑에는 사지가 뜯겨 나간 맹사성이 쓰러져 있었다. 죄수들이 마뇌옥 밖으로 못 나간 이유도 해량에게 원인이 있었다. 해량은 맹사성을 처단한 후에 마뇌옥 출구를 막았다. 빨리 탈옥하고자 멋모르고 해량에게 달려들었던 죄수들은 집단으로 걸레 조각이 되었다.

"기다려. 마결단장이 오기 전에는 아무도 못 나가."

혈옥 안에서 해량의 그 말은 곧 법. 죄수들은 얼굴도 모르는 능비를 그저 기다릴 수밖에 없었다. 그러던 상황에서 마결단원들이 하나둘 혈옥으로 올라왔고 좀 있어 능비까지 죄수들의 눈앞에 모습을 드러냈다.

"와아아아아!"

얼마나 기다렸던 마결단장인가. 능비가 혈옥으로 올라오자 죄수들이 박수를 치며 환호성을 날렸다. 능비는 죄수들의 왜 이런 반응을 보이는지 당연히 이유를 알지 못했다. 그런 이유에 대해 알아볼 여유도 물론 없었다.

"전부 나가! 지금 당장!"

능비가 다급히 소리쳤다. 해량이 혈옥의 문을 비켜섰다. 죄수들이 마뇌옥 밖으로 와르르 뛰쳐나갔다.

"마결단도 즉시 나가! 작전의 이단계를 바로 발동시켜!"

나가라는 말과 다르게 마결단은 일단 능비의 앞으로 모여

들었다. 그들은 능비가 이 정도로 다급하게 행동하는 이유를 알지 못했다.

콰앙!

흑옥으로 내려가는 입구의 문이 박살 났다.

능비가 다급했던 이유가 거기에 있었다.

"누구 맘대로 마뇌옥을 빠져나가려고 하느냐! 내 너희를 절대로 용서하지 않는다!"

사마승이 혈옥으로 성큼 들어섰다. 열화탄의 영향이 아직 남아 있었다. 불길에 휩싸인 사마승의 그 모습은 악귀와도 같았다.

"인간이 아니군!"

"난 저런 괴물과는 싸움을 사양하겠어."

사마승을 본 단원들은 혀를 내두르며 혈옥 밖으로 뛰쳐나갔다. 남은 이는 능비와 해량. 해량이 능비를 힐끗 돌아보고는 곧장 사마승에게 달려들었다. 초식도 없고, 방어도 없는 육탄 돌격전이었다.

콰아앙!

사마승과 해량의 육체 충돌에 마뇌옥이 뒤흔들렸다. 파편이 칼날처럼 일어나 사방으로 날아갔다. 이것이 끝이 아니다. 첫 번째 육체 충돌 후에 해량과 사마승은 곧바로 또 맞붙었다. 둘 다 초식도 방어도 없는 육탄 돌격이었다.

두 번째 충돌 후에 해량과 사마승은 십 보 거리를 마주 보고 섰다.

"하! 이제 보니 사왕이 오늘의 작당을 벌인 수괴이구나!"

"멍청아, 틀렸다. 난 작당을 벌일 그런 존재가 못 된다. 난 우리 주인님이 시킨 대로 할 뿐이다."

첫 충돌 후에 사마승과 해량은 서로의 정체를 바로 파악했다. 전날에도 오늘처럼 이렇게 육체와 육체가 부딪치는 무식한 싸움을 벌였던 것이다.

"주인이든 하인이든 상관없어. 난 너뿐만이 아닌 오늘의 일에 관련된 모든 놈들을 죽일 테니 말이야."

"하! 웃긴 놈이로다! 나 하나도 제대로 못 죽이는 놈이 큰 소리는!"

"오냐! 이번엔 정말 제대로 죽여주마!"

날선 대화가 오고 간다 싶더니 해량과 사마승이 동시에 서로의 가슴으로 뛰어들었다. 그리고 이번에도 역시 초식도 방어도 없는 육탄 충돌을 일으켰다. 강 대 강의 충돌. 한쪽은 불사마인이고 다른 한쪽은 불사금강이다. 예전 이들의 이런 자존심이 걸린 승부에 싸움 장소인 낙양의 저자가 박살이 난 적이 있었다. 당시 이들은 열아홉 번의 육탄 충돌을 일으킨 후에 초식 싸움을 딱 한판 벌였고, 둘의 싸움은 그때서야 사마승의 승리로 끝을 맺었다.

'엄청난 육탄 격돌이야. 내가 개입할 여지가 없어.'

능비는 해량과 사마승의 싸움을 면밀히 주시했다. 둘의 승부에 그가 직접 개입할 수는 없었다. 극강 대 극강의 충돌인 탓엔 그들의 싸움터 주변으로는 눈에 보이지 않는 강기의 막이 형성되어 있었다. 두 사람이 일으킨 강기를 무조건 뚫고자 하다가는 자칫 해량까지도 해칠 수 있었다. 사실 개입한다고 한들 사마승의 무력으로 보아 통할 것 같지도 않았다.

'하지만 저대로 두면 해량 아저씨도 무사하지 못해.'

능비는 둘의 싸움을 주시하며 해결책을 찾아봤다. 해량을 두고 간다면 간단히 정리될 일이나 그것은 애초에 그가 염두에 두지 않은 일이었다.

그렇게 그가 현 상황을 타개하고자 이리저리 고민하고 있을 때였다.

"마결단장, 사마승을 이곳으로 유인해 올 수 있겠어?"

마뇌옥의 입구 앞에서 장준이 그를 불렀다.

장준은 이번 작전에서 마뇌옥 폭파를 담당하였다. 그래서 이제껏 마뇌옥에 입구에 남아 화탄을 매설했다.

능비는 장준에게 급히 뛰어가 물었다.

"가능해. 한데 네게 사마승을 잡을 묘책이 있는 거야?"

장준은 마뇌옥 철문 앞의 대지를 가리키며 말했다.

"마뇌옥을 붕괴시키고자 여기에 산화탄을 삼천 근 이상 매설했어. 그리고 혹시 몰라 중멸신탄까지 별도로 매설했어. 사마승을 이곳에 세워놓고 화탄을 폭발시키면, 제아무리 불사금강이라도 육체가 조각날 거야."

삼천 근의 산화탄. 거기에 중멸신탄까지 매설.

중멸신탄은 화기산장에서 천멸신탄과 대멸신탄 다음으로 화력이 강하다고 알려진 것이다. 중멸신탄 제조에 들어가는 화약과 자재가 워낙에 귀한 것이라 마결단의 집중 지원을 받고서도 장준은 겨우 스무 개만 만들었을 뿐이었다.

"좋아, 한번 해보자. 참, 신관(信管)은 어떻게 되지?"

능비의 물음에 장준은 들고 있던 도화선을 바닥에 내던졌다.

"원래는 이것으로 폭발시킬 생각이었는데, 지금은 그럴 상황이 아닌 것 같아. 열화검을 소유했으니 신관은 네가 알아서 처리해."

능비는 장준의 말뜻을 바로 알아들었다. 그의 열화탄만큼 잘 어울리는 신관도 없었다.

"자, 여긴 위험하니 이제 그만 너도 폭발 사정거리에서 물러나."

장준을 뒤로 물린 능비는 곧바로 황검을 뽑아 뇌전기력을 집약시켰다. 뇌벽검의 표적은 사마승이 아닌 둘의 싸움이 벌어지고 있는 위치의 천장 건물이었다.

푸아아앙!

뇌벽검에 천장이 박살 났다. 돌덩이가 비 오듯 떨어지고 마뇌옥 건물 전체가 무너질 듯 균열을 일으켰다. 해량과 사마승도 뇌벽검의 여파에 싸움을 중단하고 각각 떨어져 나와 능비를 쳐다봤다.

능비는 해량에게 전음을 날렸다.

[해량 백부, 지금 제가 서 있는 자리로 사마승을 유인해 오세요.]

해량이 답신없이 능비를 묘하게 건너다봤다. 그리고 흑사투강의 초식으로 사마승의 가슴을 냅다 후려치고는 도망치듯 능비에게 달려왔다.

"사왕! 아직 승부가 끝나지 않았거늘 어디로 도망가느냐!"

사마승은 의외로 너무도 쉽게 해량에게 유인됐다. 달려올 때 능비의 모습을 확인했지만 조금도 주춤대지 않았다. 능비와 해량이 합공을 펼쳐도 능히 처리할 수 있다는 자신감에서 기인되었을 것이다.

"사마승! 여기서 끝장을 보자!"

능비는 홍검을 뽑아 들고 결연히 소리쳤다.

그 모습을 본 사마승이 왼손을 하늘로 들었다. 황금 고리가 그 손에 걸려 맹렬하게 회전했다.

"원하던 바다! 두 놈을 지옥의 길동무로 만들어주마!"

황금 고리가 능비에게 날아갔다. 능비는 한걸음도 피하지 않고 열화탄을 날렸다. 허공중에서 열화탄과 황금 고리가 맞부딪쳐 강렬한 폭발을 일으켰다. 사마승이 다시 새로운 황금 고리를 만들었다. 그런 한편 사마승은 능비를 보며 눈빛을 번쩍였다. 능비가 아직 원래 위치를 고수하고 있었다. 거리는 고작 십 보. 이 거리라면 육탄전이 가능하다.

슈우우우!

사마승이 단숨에 능비의 눈앞으로 날아왔다.

해량이 급히 능비의 앞을 막았다.

파팟팟!

서로의 육체가 충돌은 했지만 이번엔 육탄 격돌전이 아니었다. 이유는 해량에게 있었다. 해량은 사마승의 육체에 부딪치는 순간 준비하고 있었다는 듯 반탄강기를 일으켜 능비의 몸을 안고 뒤로 훨훨 날아갔다.

"으응?"

사마승이 눈썹을 꿈틀댔다. 무언가 이상하다.

그러나 이미 뒤늦은 파악이다.

해량의 가슴에 안긴 능비는 그 상태에서 열화탄을 조준해 곧바로 날렸다.

파아아! 화르르르!

열화탄의 표적지는 사마승이 아닌 사마승의 발밑 대지.

사마승이 화염에 불붙은 자신의 발을 내려다봤다.

그 순간,

쿠아아아아앙! 쿠쿠쿠쿠쿠쿠!

천지를 갈라놓을 것 같은 폭발음과 함께 마뇌옥이 통째로 불타올랐다. 폭발의 먼지구름이 오십 장도 넘게 치솟았고, 마뇌옥 주변 삼십 장은 완전히 초토화가 되어버렸다.

"으으윽!"

"으음."

폭발의 여파에 해량과 능비까지도 삼십 장 멀리 떨어진 땅바닥으로 데굴데굴 굴렀다.

"마결단장! 괜찮은 거야?"

장준이 얼른 뛰어와 능비를 부축했다.

장준의 부축 아래 간신히 일어선 능비는 폭파된 마뇌옥을 멍히 쳐다봤다. 그의 예상보다 서너 배는 위력이 더 큰 폭발이다.

능비가 문득 중얼댔다.

"그는 죽었을까?"

장준은 당연하다는 투로 말했다.

"염려 마, 뼈 조각 하나 남지 않았을 테니까."

장준의 말에 이어 능비가 해량을 돌아봤다.

"해량 아저씨는 어떻게 생각하지요?"

"흐음."

해량은 초토화된 마뇌옥을 응시하다가 어느 순간 고개를 휘휘 저으며 뒤돌아섰다. 능비의 물음에 대해서는 끝까지 선명히 답해주지 않았다.

第七章
대탈주

魔道宗師
마도종사

한 식경 전, 마뇌옥 건물의 꼭대기에서 녹색의 불길, 녹염봉화가 피어올랐다. 녹염봉화는 마뇌옥이 적의 침공을 받았을 때만 타오르는 불길. 그 순간 마뇌옥 동쪽 경계 지역에 주둔한 동방철기대에 출동 명령이 걸렸다.

동방철기대의 주력은 기마 부대. 평상시라면 한 식경 안에 대원들이 총집결되어 마뇌옥으로 진격한다. 그런데 하필 오늘은 일선 병력에 자유 시간을 준 원단이었다. 무인들이 주둔지 곳곳에 흩어져 있기에 병력 집결이 신속히 이루어지지 않았다. 특히 무엇보다 문제인 것은 한 식경을 넘긴 현 시점까지 병력 일선을 지휘할 수장들조차 모습을 보이지 않는다는 것이었다.

"쳐죽일 놈들! 대체 평소에 출동 관리를 어떻게 한 거야!"

동방철기대주 질풍금도 강찬이 병력 집결지로 나와 화난 음성을 토했다. 위급한 상황이 아니라면 일선의 수장들을 모조리 집합시켜 치도곤을 내었을 것이다.

"현재 얼마만큼 집결했지?"

강찬의 물음에 철기일대주 왕육이 곤혹스런 얼굴로 답했다.

"십기대 합쳐 일천 명 정도 되는데 조금만 더 기다려 주십시오. 현재 대원들에게 무조건 집결하라고 비상소집령을 걸었습니다."

"끄응!"

왕육을 보던 강찬은 짜증스런 숨결을 토하며 말 등에 올랐다. 왕육은 평상복 차림에 술 냄새가 풀풀 풍겼다. 무엇을 하다가 온 것인지는 안 봐도 훤했다.

"일단 집결된 기마대만으로 먼저 출격한다. 후발대는 왕육 일대주가 확실히 책임을 지고 출정시키도록!"

강찬은 책임이란 말을 강조하며 손을 어깨 위로 들었다.

"동방철기대 마뇌옥으로 출격한다!"

강찬의 명령이 떨어지자 일 천의 기마대가 마뇌옥 방면으로 달려갔다. 강찬도 기마대의 선두에서 빠르게 흑마를 몰았다. 강찬은 이때까지 마뇌옥의 상황을 심각하게 여기지 않았다. 기껏해야 대정맹의 천하 경영 정책에 불만을 가진 불순무리의 마뇌옥 습격이라고 생각했다. 일천의 기마대로 먼저 출격을 한 것도 실은 그런 생각을 했기 때문이었다. 그런데 마뇌옥을 향해 오 리 정도 달려갔을 무렵 그만 그의 그런 생각에 뜨거운 물을 들이붓는 상황이 발생했다.

콰아아아아아앙!

마뇌옥 방면에서 지축을 울리는 폭발이 일어났다. 폭발의 먼지구름이 현재의 위치에서도 눈에 훤하게 보일 정도로 강력한 폭발이었다.

"오! 맙소사!"

무엇이 폭발했는지는 생각하고 말고 할 것도 없었다. 그는 즉시 기마대에 전속 기동을 명했다.

"철기대! 이건 실전이다! 전투 대비하고 전속으로 기동한다!"

대원들이 말을 몰던 도중 칼과 창을 빼들었다. 그렇게 오백여 장을 더 달렸다. 거리가 상당히 가까워졌기에 폭발의 구름에 잠긴 마뇌옥의 형체가 눈에 보이기 시작했다. 강찬은 안력을 집중해 전방을 살폈다.

'적은?'

폭발의 영향으로 시계가 상당히 좁았다. 폭발의 먼지구름 주위로 무언가 움직이고 있는 것은 확실한데 그게 무엇인지는 아직 알 수 없었다.

'으응?'

전장을 돌아보던 그의 눈에 무언가가 포착됐다. 멀리 있는 것이 아닌 삼십 장 거리의 물체였다.

'마차? 수레? 가마?'

사방이 휘장으로 둘러진 수레, 온거(轀車)였다. 의심스러운 것은 그런 온거가 삼십 장 간격으로 마뇌옥 방면을 향해 줄지어 놓여져 있다는 것이었다.

'적이 숨어 있기엔 수레가 너무 작아. 원단의 날에 들어온 일반인의 수레일 거야.'

강찬은 단순하게 생각했다. 혹여 적들이 그곳에 숨어 있더라도 마차의 크기로 보아 얼마 되지 않는 숫자일 터, 아군의 진격에는 영향을 끼치지 않는다는 생각이었다.

두두두두두두!

이윽고 기마대가 들판에 위치한 첫 번째 수레를 지나쳤다. 아무 일도 벌어지지 않았다. 적은 한 명도 보이지 않았다.

'쓸데없는 걱정이야. 저런 것 따위로 우리를 어떻게 해본다는 자체가 어리석은 일이야.'

강찬은 찜찜한 심정을 떨어버리고 말 배를 세차게 찼다.

*　　*　　*

금마산 벼랑 저격대.

"표적 일탄 수레! 거리 백팔십 장 오 척! 격발!"

튜아아아아앙!

중활금에서 중활혈시가 발사됐다. 엄청난 속도로 날아간 중활혈시는 하늘을 길게 가로질러 동방철기대가 막 지나친 수레에 정확히 꽂혔다.

콰아아앙!

수레가 폭발했다. 갑작스런 이 폭발에 주변에서 질주하던 철기대가 집단으로 화마에 휩쓸렸다. 폭발의 직접적인 영향에서 벗어나 있던 기마대도 폭발의 영향에 놀란 말들의 움직임으로 한꺼번에 낙마했다.

"핫핫핫! 과연 형님은 마도제일의 궁사이십니다. 나 같은 아둔한 놈은 죽었다가 깨어나도 이 거리에서 표적을 맞히는 궁술을 연마하지 못할 것입니다."

초소명이 폭발의 현장을 바라보며 감탄사를 연발했다.

적양은 중활금에 두 번째 중활혈시를 걸며 초소명의 감탄사에 응답했다.

"동감이야. 나 같은 저격궁사는 죽었다가 깨어나도 소명 아우처럼 치밀한 작전 설계를 못해."

튜아아아앙!

말을 하던 도중 두 번째 중활혈시가 격발됐다. 하늘을 날아간 중활혈시는 이번에도 어김없이 두 번째 수레의 상단에 꽂혀 폭발을 일으켰다.

적양은 곧 능숙한 손놀림으로 세 번째 혈시를 중활금에 걸었다. 중활혈시의 끝에는 손가락 굵기의 초소형 화탄, 소멸탄이 매달려 있었다.

"장준 아우도 대단해. 장준 아우가 아니었다면 난 이런 원거리 폭발 궁술은 사용할 생각도 못했을 거야."

소멸탄은 장준이 만들어준 것이었다. 처음엔 이것의 위력에 대해 적양이 반신반의했으나 막상 연습 삼아 사용해 보니 그 위력이 장난이 아니었다. 게다가 표적에 따라서 다방면으로 활용할 수 있었다. 만약 저격 대상이 사람이라면 그땐 관통이 아닌 폭사를 시킬 수 있었다. 저격수로서 적양의 능력이 진일보했다고 할 수 있었다.

기이이이잉!

적양이 세 번째 중활혈시를 표적에 조준했다. 마차와 혈시에는 암묵혈과 수묵혈이 발라져 있기에 명중은 염려할 필요가 없었다. 사실 이 정도 거리에서는 암묵혈과 수묵혈을 굳이 사용하지 않아도 적양은 충분히 표적을 맞힐 수 있었다.

곧 세 번째 중활혈시가 날아갔다. 큰 폭발과 함께 현장의 기마대 전열은 완전히 와해됐다. 현장을 잠시 지켜본 적양은 네 번째 중활혈시를 걸며 말했다.

"사실 따져 보면 대단한 이들이 어찌 장춘 아우와 소명 아우뿐이겠어. 마결단의 단원들 전부가 걸물들이야. 그중에서도 특히 마결단장은 개성이 너무 강해 도저히 융화되지 않을 것 같은 단원들을 하나로 뭉치게 만들었어. 강남의 마도맹에도 그 정도 되는 인물은 거의 없을 거야."

능비가 거론되자 초소명이 잠시 입을 다물고 무언가를 생각했다. 그런 사이에 적양은 중활금을 아홉 차례까지 연이어 쏘아 현장을 불바다로 만들었다.

아홉 발의 저격! 탈출 작전의 저격수로 적양의 역할은 여기까지였다. 탈출 작전의 나머지는 현장에 있는 마결단원들의 몫이었다. 적양은 더 폭파시킬 표적이 없자 초소명을 돌아보며 어깨를 으쓱했다.

초소명이 말했다.

"적양 형님은 마결단장에 대해 신뢰가 아주 특별하신 것 같군요."

"신뢰라기보다는 그를 좋아한다고 해야겠지. 난 마결단장의 모든 것이 좋아. 타인을 배려하는 그 여린 성향까지."

"여린 성향?"

여린 성향이란 말에 초소명이 눈살을 찌푸렸다. 다른 것은 몰라도 능비의 성향이 여리다는 것은 쉽게 받아들일 수 없었다. 그가 알기로 능비는 강하고 단호하며 무정할 정도로 냉정한 성격이었다.

"소명 아우는 마결단장의 감춰진 성향에 대해선 잘 모르는 것 같군."

"형님은 알고 계십니까?"

"백마총의 지하에서 마결단장과 삼 년 동안 같이 생활했지. 그러기에 그가 어떤 성향을 소유했는지 조금은 알고 있지."

"어떤가요, 그는?"

"후후, 그건 가슴으로 느끼는 것이지 내가 말로 한다고 해서 알 수 있는 게 아냐. 나중에 초명 아우도 느껴볼 때가 있을 거야."

"……."

"허나 한편으로 그래서 걱정도 돼. 만약 그 내면의 성격이 붕괴되면 그땐 누구도 말리지 못할 성격 변화를 일으킬 것 같아서."

"성격 변화?"

성격 변화란 말뜻을 초소명이 잘 모르는 눈치이자 적양이 비유를 한 가지 들었다.

"예전에 난 태원작전을 포기하자고 능비에게 건의한 적이 있었지. 그땐 아무리 생각해 봐도 실현 가능성이 없더군. 그래서 그럴 바엔 차라리 세월이 오래 걸리더라도 대정맹을 상대로 마도 투쟁을 벌여 나가자고 주장했지."

"그래서요?"

"그때 능비는 이틀 동안 심각히 고민하곤 원래의 안대로 태원작전을 진행하겠다는 뜻을 밝혔지. 죽음의 위험을 무릅쓰고 태원작전에 그렇게 능비가 집착한 이유를 소명 아우는 알겠는가?"

솔직히 초소명은 알지 못한다. 백마총의 사명은 능비에게 이유가 될 수 없다. 백마총의 사명이 아무리 지엄하다고 해도 능비가 그것을 완수해야 할 의무는 없다. 의무를 따지자면 마도의 양분을 양껏 섭취한 마도맹에 있다.

"능비는 마도를 부흥시킴에 전면 살상전이 예상되는 대정맹과의 확전을 꺼리고 있어. 그래서 대정맹주를 비롯한 정파의 고위층을 척살하여 대량 살상전 없이 마도를 되살리려고 하고 있지."

초소명이 고개를 저었다.

"나약한 생각입니다. 정파와 마도의 싸움은 이제 전부가 아니면 전무인 생존 투쟁으로 변했습니다. 그런 생각은 제이의 정천거사를 불러올 뿐입니다."

"물론 능비도 그 점에 대해 모르지 않아. 그는 대정맹과의 싸움을 피하지도 않을 거야. 요는 그러니까 마도의 군주가 되더라도 일패의 무리 같은 학살자는 될 수 없다는 것이야."

"……."

초소명이 말을 중단했다. 능비의 생각에 동조하지 못한다. 적에게 관용을 베풀기에는 마도는 너무 큰 희생을 치렀다.

"허나 결국은 능비 스스로 자신의 생각을 되돌리게 될 겁니다. 능비가 아무리 파괴의 진압을 원치 않는다고 하여도 적들이 그를 가만 내버려 두지 않을 거니까요."

초소명의 말에 적양은 잠시 말을 멈추었다. 그리고 초소명을 진중히 바라보며 말했다.

"그래서 소명 아우의 능력이 정말 중요해."

"왜……?"

"능비는 외부적 현실로 인해 내면의 여린 성향을 억지로 억누르며 살아가고 있지. 만약 이번 작전이 실패로 돌아가면, 아니, 애초에 성공 확률이 희박하니 실패를 할 수도 있겠지. 허나 실패를 하더라도 능비가 유일하게 믿고 사랑하는 이들이 의미없이 희생되는 슬픔을 겪게 된다면 그땐 능비의 가슴에 꼭꼭 숨겨진 성격도 같이 붕괴될 것이야. 그건 활화산과 같아. 아마 그땐 일패 이상의 피의 학살자가 강호에 출현할 수 있어. 그러니 소명 아우가 잘해. 마귀가 아닌 인간 능비를 위해서.”

의미가 깊은 말. 초소명이 그 말의 뜻을 깊이 생각하고 있자, 적양이 초소명의 어깨를 툭툭 쳐 일깨웠다.

“그냥 해본 소리야. 자, 나중에 뭐가 어찌 되든 우린 지금의 일부터 처리하자고.”

적양이 중활금에 혈시 하나를 더 걸고 표적을 조준했다.

초소명이 현장을 돌아보며 물었다.

“아직 더 맞힐 표적이 남아 있습니까?”

적양은 피식 웃고는 시위를 바짝 당겼다. 그의 표적은 현재 폭발의 먼지를 뚫고 나와 한 손을 세워 들고 있었다.

“이번 표적은 덤이야. 표적! 용정팔십육군 동방철기대주 강찬! 거리 일백구십팔 장! 저격 성공 확률 칠 할! 격발!”

튜아아아아앙!

중활혈시가 굉음과 함께 표적을 향해 날아갔다.

* * *

“철기대! 당황하지 말고 돌격 전열을 갖추어라!”

강찬은 흑마를 이리저리 거칠게 몰며 마구 소리쳤다. 갑작스런 폭발을 시작으로 아홉 번의 폭발이 연속해서 일어났다. 상당수의 철기대원이 그 때문에 폭사되어 죽고, 불에 타 죽고, 낙마해서 말굽에 짓밟혀 죽었다. 더한 문제는 현장을 뒤덮은 화약 연기와 폭발의 후속 파장으로 사람도 기마도 도무지 통제가 안 된다는 것이었다.

'이대론 안 돼! 버려야 해. 결단을 해야 돼!'

강찬은 내력을 실은 음성으로 결연한 음성을 날렸다.

"철기대! 내 음성을 들은 철기대원들은 지금 즉시 전방으로 달린다. 부상자는 전원 버린다!"

강찬이 선두로 현장을 빠져나왔다. 그 뒤로 활동 가능한 철기대원들이 와르르 뒤쫓아 나왔다. 강찬은 대충 대원들의 숫자를 헤아려 보았다. 오백 기마 정도. 한순간에 절반의 기마대원들이 잃어버렸다.

"우우! 내 적도들을 절대로 용서하지 않으리라!"

강찬은 이글대는 심정으로 마뇌옥을 향해 말 머리를 돌렸다. 심정으로 하자면 그는 벌써 마뇌옥에 쳐들어가 적도들을 말발굽으로 짓밟고 있다.

"철기대 마뇌옥으로……."

강찬이 오른손을 하늘로 들고 출격의 명을 내릴 때였다.

슈우우우우웅!

좌측 후방 하늘에서 무언가가 엄청난 속도로 날아왔다.

"으응?"

정말 재수가 좋았다고 해야 하리라. 출격의 명을 내린다고 고개를 좌측 후방으로 돌리던 순간 그는 그것을 우연찮게 포착했다. 속도가 너무 빨라 그것의 정체는 확인을 못하지만, 그는 본능적으로 위험을 느끼곤 전력을 다해 말 등을 박차고 올랐다.

쿠아앙!

짧은 폭음과 함께 그의 애마가 육질 조각으로 변했다. 폭발의 원인이 화살이란 것은 그가 다시 착지하고 난 후에야 알게 됐다.

"대주님! 괜찮으십니까?"

철기대원들이 놀라 그에게 말을 몰아 달려왔다. 그는 허벅지에 박힌 폭발의 파편을 털어내고 수하들의 기마 가운데 하나를 골라 올랐다. 적도와 아직 맞서보지도 못했거늘 수하들을 잃은 것에 이어 저격까지 당했다. 그의 철기대 인생에서 이보다 더한 수치는 없다.

"으으, 이놈들! 내 반드시 당한 것의 백 배로 돌려주겠다!"

다짐을 실행함에 마뇌옥까지 갈 필요가 없어졌다. 이 순간 전방에서 일단의 무인들이 저벅저벅 걸어왔다. 그들이 마뇌옥을 습격한 적이란 것은 두말할 것도 없었다.

'하나, 둘… 일곱, 일곱? 하! 고작 일곱 명이라고?'

강찬은 적의 숫자를 파악하다 말고 인상을 잔뜩 구겼다. 혹시 몰라 전방 여기저기를 돌아보았지만 매복 같은 건 전혀 없어 보였다.

"미친놈들! 철기대! 저놈들의 육체를 조각조각 짓밟는다! 공격!"

강찬은 바로 공격 명령을 내렸다. 수하들이 와르르 말을 몰았고, 그 자신 역시도 기마 무리의 중심에서 말을 거칠게 몰고 나갔다.

어이없는 상황은 계속된다.

기마대의 집단 돌격에 맞서 일곱 명의 무인들이 횡대로 간격을 벌려 마주 달려왔다.

일곱 명으로 오백 기마를 맞선다?

그것도 정면에서 두 발로 그냥 달려들어?

현재 상황. 철기대 입장에서는 기가 막힐 노릇이다.

'이것들, 완전히 돈 놈들 아냐?'

기마대의 집단 공격은 개인 무공에 바탕을 둔 무인의 무력과는 또 다르다. 절정고수가 아닌 다음에야 개인 무력을 믿고 함부로 달려들다가는 무공을 발휘해 보기도 전에 기마대의 말발굽에 깔려 죽는다. 무림의 무인들도 이 사실을 잘 알고 있다. 그래서 기마대와 싸울 때는 웬만해서 정면으로 맞서지 않고 신법을 발휘해 측면 전투를 벌인다.

"죽여 버려! 모조리 짓밟아 죽여 버려!"

두두두두두!

"와아아아아!"

이윽고 철기대의 선두와 칠 인의 무인이 맞부딪쳤다. 그런데 첫 격돌의 순간 철기대원들의 모든 예상을 깨버리는 결과가 나왔다.

우허허허허헝! 투투투투툭!

철기대의 선두 기마가 집단으로 바닥에 나동그라졌다. 말과 사람이 울부짖는 비명 속에서 칠 인의 무인들이 잔인하게 살수를 펼쳤다. 하나같이 빠르고 단호하고 강한 공격이었다.

일곱의 무인 중에서 철기대에 가장 큰 피해를 입히는 무인은 흑의를 입은 중년인이었다. 중년인은 육장만으로 기마대를 철저히 깨부수며 전진했다. 말이 달려들면 손으로 말 머리를 잡아 내던졌고, 기마대원이 칼을 휘두르면 그 칼날을 손으로 잡아 나무젓가락처럼 부러뜨려 버렸다.

"말, 말도 안 돼! 어찌 저런!"

강찬은 전투 현장을 돌아보며 아연한 심정에 빠졌다. 흑의인의 무공만이 문제가 아니었다. 나머지 육 인 역시 하나같이 절정고수의 무공을 발휘하고 있었다. 하늘을 날아다니며 발차기를 하는 인간, 매순간 도끼를 휘두르는 인간, 장창을 여의봉처럼 줄여가며 사용하는 여자, 한 걸음 걸어갈 때마다 화탄을 폭발시키는 인간. 이런 인간들이 왜 이곳에 나타났는지 그게 의심스러울 정도였다.

'그리고 특히 저놈!'

칠 인 중에서 강찬이 특별히 주목한 인간은 여섯 개의 검을 사용하며 전진하는 청의남자였다. 청의인는 한 번의 공격을 끝낼 때마다 검을 바꾸어 사용했다. 멀리서 보면 여섯 개의 검이 하나처럼 보일 정도로 빠르고 자연스러웠다.

'저놈은 지금 나를 노리고 있어.'

강찬에게 무엇보다 문제가 되는 것은 다른 적도들과 다르게 청의인이 강찬을 주시하며 전진하고 있다는 것이었다. 강찬 자신이 표적이라는 뜻이었다. 이미 거리가 상당히 가까워져 있었다. 맞서 싸울 것인가 퇴각을 할 것인가 강찬은 어서 결단을 내려야 했다.

'실수야, 출격이 조금 늦더라도 철기대 전원을 데리고 왔어야 했어.'

철기대가 전부 모이면 일만 기마에 육박한다. 그렇게 되었으면 다양한 기마전술 아래 상황은 완전히 달라졌을 것이다.

"대주님, 어떻게 할까요! 적도들의 개인 무력이 너무 강해 기마전술이 통하지 않습니다. 전원 하마해서 총력 난투전으로 맞설까요? 어서 결정을 내려주십시오!"

수하들이 다급한 얼굴로 소리쳤다. 강찬은 총력 난투란 말에 고개를 저었다. 기마대를 단신으로 깨부수는 놈들이었다. 하마를 해서 싸운다는 것은 자살행위와 같았다.

"철기대 일단 퇴각해서 기마 전열을 새로이 구축한다!"

강찬이 퇴각을 알리자 철기대원들이 후방으로 말을 돌려 달려가기 시작했다. 강찬도 곧 말 머리를 돌려 수하들을 빠르게 뒤따라갔다. 그런데 말을 몰고 이십여 장 달리던 중에 그는 그만 뒷머리가 서늘해지는 기분을 맛보았다.

'뭐지?'

강찬은 고개를 뒤로 돌려보았다.

여섯 개의 검을 소유한 청의인.

그 청의인이 기마대원들을 처단하며 그를 뒤쫓아 무섭게 달려오고 있었다. 오십 장 이상 달려왔지만 지친 표정도 감정의 표정도 전혀 없는 청의인. 청의인의 그런 얼굴이 선명히 보일 정도로 거리가 상당히 가까워졌다.

이대로는 곧 따라잡힌다.

그 경우 등 뒤에서 칼을 맞게 될 것이다.

"제길!"

강찬은 말 머리를 뒤로 확 돌렸다.

명색이 대정맹 용정대군이다.

죽을 때 죽더라도 이름값은 하고 죽어야 한다.

강찬은 칼을 휘두르며 청의인을 향해 마주 달렸다.

상대거리 십 보.

청의인이 눈빛을 빛내며 허공으로 뛰어올랐다.

파아아아!

청색의 검이 강찬의 얼굴 높이에서 휘돌았다.

너무 빠르고 너무 강한 검!

강찬은 목이 화끈해지는 기분을 느끼며 말을 멈춰 세웠다.

뚜벅뚜벅.

청의인이 그가 올라탄 말 앞으로 걸어와 말했다.

"실망을 하지 않게 해주어서 다행이오. 질풍금도를 등을 돌린 상태에서 죽일 수는 없지 않겠소."

강찬은 피식 웃었다.

"그런가? 다행이군. 그나마 내 이름값을 찾았으니."

툭!

그 음성을 끝으로 강찬의 목이 대지로 굴러 떨어졌다.

능비는 청검을 등으로 돌려 넣고 주변을 돌아봤다. 철기대는 무수한 사상자를 남기고 현장에서 사라져 있었다. 단원들이 그가 서 있는 곳으로 걸어왔다. 그들은 땅바닥에 떨어진 강찬의 잘린 목을 보며 소감을 말했다.

"과연 육절검마다운 솜씨야. 강찬을 단칼에 잘랐어."

"강찬이 멍청했던 거야. 검귀가 따라붙는데 왜 등을 보이고 도망을 가."

능비는 용정대군을 잡은 소감 같은 것 없이 바로 주인 없는 철기대의 말에 올라탔다.

"여기서 노닥거릴 시간 없어. 어서 영산 포구로 가."

능비가 동쪽 전방으로 말을 몰아 달렸다. 단원들도 곧 주변에 있는 말들 중에서 하나를 골라잡아 타고 능비를 뒤따라갔다.

영산 포구가 있는 영산강은 마결단이 이번 작전에서 탈출로로 잡은 곳이었다. 거기까지는 약 십 리. 아주 빨리 달린다면 반 각 안에 도착할 수 있는 거리였다.

질주를 하던 중에 남정의 음성이 들려왔다.

"포구 상황은 어떻게 되었을까? 구휘가 과연 움직여 주었을까?"

능비가 고개를 돌려보니 어느새 남정과 여옥상이 그의 옆에서 말을 바짝 붙여 달리고 있었다.

"직접 대면을 하진 않았지만 구휘도 이번 작전에서 자신의 임무가 무엇인지 알고 있어. 그러면 된 거야. 우린 구휘를 믿는 수밖에 없어."

능비에 이어 여옥상이 말했다.

"하지만 북빙마의 도움 없이 구휘 혼자서 영산 포구의 적들을 다 처리하기란 만만치 않아. 영산 포구는 사방철무대가 중점 관리하고 있는 곳이야. 수로 경비무인들만 거의 이백 명에 달해. 게다가 구휘의 무공은 다수의 적을 빠른 시간에 처치하기에는 적합하지 않아."

이번 작전의 애초 구상에서 초소명은 냉약빙을 구휘와 더불어서 영산 포구에 보내고자 했다. 그러다가 냉약빙의 합류가 불확실해지자 화탄 매설 및 탈출로 확보조인 혈우삼포와 이괴망종에게 각자의 임무가 끝나는 즉시 그곳으로 가서 구휘를 지원케 하였다.

"난 구휘를 믿어. 그리고 또한 단원들을 믿어."

능비는 원론적인 대답을 하면서 말의 속도를 최대한 높였다. 믿는다는 것 외에 현실적인 대책이라면 조금이라도 더 빨리 영산 포구에 가는 것뿐이었다.

이윽고 영산강이 시야에 보이기 시작했다. 영산 포구는 강폭이 좁아지는 그곳에 웅장히 만들어져 있었다. 멀리서 보고 있자니 포구가 아니라 항구처럼 보일 정도로 규모가 대단했다.

남정이 포구 한곳을 가리키며 말했다.

"저기 포구가 불타고 있어! 아직 전투가 벌어지고 있는 모양이야!"

불타는 포구는 능비도 보았고, 다른 단원들도 전부 보았다. 단원들은 질풍같이 그곳으로 말을 몰았고, 그곳에 다다르자 즉각 말에서 뛰어내려 전투태세에 돌입했다.

"어?"

"응?"

전투를 준비하던 단원들이 멀뚱히 포구 현장을 돌아봤다. 멀리서 보는 것과 다르게 포구 상황은 완전히 종료되어 있었다. 포구 곳곳에 시체들만 깔려 있을 뿐 저항하고 있는 적들은 한 명도 보이지 않았다.

강물과 맞닿은 포구 끝에는 눈에 익숙한 단원들, 혈우삼포와 이괴망종이 우두커니 모여 있었다.

이필이 혈우삼포에게 다가가며 말했다.

"형님들! 이 많은 적들을 벌써 다 처리했다니 무공 실력이 정말 대단합니다!"

곽방이 어깨를 으쓱했다.

"우리가 아니네. 우리가 도착했을 때도 상황은 이미 끝나 있었네."

"형님들이 아니라고요? 그럼 저 사람들?"

이필이 이괴망종을 의심스런 눈으로 돌아봤다.

문망이 거드름을 피우며 말했다.

"우린 재수가 없었지. 오랜만에 우리 실력을 마음껏 발휘해 보려고 했는데 말이야."

말의 내용으로 보아 이괴망종도 아니다. 그렇다면 이 상황의 주인공은 한 사람뿐이다.

"환마?"

단원들 전부가 구휘를 찾아서 주변을 돌아봤다. 구휘의 모습은 여전히 보이지 않았다. 구휘 역시 자신의 존재를 알리는 음성은 일절 보내지 않았다.

"구휘 혼자가 아냐. 구휘를 도와준 막강한 조력자가 있어."

적양의 음성이 구휘라고 고정된 단원들의 추정을 깨뜨렸다.

이필이 급히 물었다.

"조력자? 누구 말입니까?"

"저기, 저 여인."

적양이 포구 맞은편의 영산강을 가리켰다.

중형급 상선 한 척이 물살을 천천히 가르며 포구로 다가오고 있었다.

"아!"

상선을 보던 단원들이 누군가를 보고 탄성을 흘렸다.

뱃머리에 뒤짐을 지고 당당히 올라서 있는 백의여인.

눈의 요정 같은 아름다움과 겨울의 마녀 같은 무서움을 동반 소유한 여인.

북빙마 냉약빙이었다.

텅!

상선이 포구에 다다랐다.

냉약빙은 단원 중의 한 남자를 글썽대는 눈으로 바라보며 말했다.

"살아 있었어. 정말 네가 살아 있었어."

"……."

냉약빙이 말을 건넨 그 남자는 아무런 대답을 못했다.

곤혹한 얼굴로 그저 그녀를 바라볼 뿐이었다.

第八章

비약연인(非約戀人)

마뇌옥 붕괴!

일패 도주!

새해가 시작되기 무섭게 발생한 마뇌옥 사건으로 말미암아 강호가 발칵 뒤집혔다. 마뇌옥이 어떤 곳이던가. 군림사주의 시대를 거치며 철벽 보안을 자랑했던 무림제일의 감옥이 아니던가. 그런 마뇌옥이 단순한 탈옥의 사건도 아닌 수형자 집단 탈옥과 관련된 폭발로 인해 완전 붕괴되어 버렸다.

이 소식을 전해 들은 대정맹은 즉각 비상사태를 선언하고 마뇌옥이 위치했던 화천 일대에 천라지령을 걸었다. 후속 조치도 곧바로 뒤따라 원인 조사와 탈옥자들을 쫓는 특별수사대가 태원 총단에서 급파됐다. 아울러 대정맹주 주명상은 이 일과 연관된 강호인들은 이유 불문하고 중형으로 다스린다고 포고를 내렸다.

전방위적인 추적 끝에 마뇌옥 탈주자들이 하나둘 잡혀오기 시작했다. 탈주자 중 일부는 추적대와 사투를 벌여 현장에서 즉결 처리되기도 했다. 그러나 특별 감호 대상이던 일패와 마뇌옥 사건을 일으킨 범인들은 그 사건 이후로 다른 세상으로 잠적한 듯 대정맹의 추적망에 전혀 걸려들지 않았다.

달이 두 번 바뀌어도 수사에 도무지 진전이 없자, 대정맹은 마뇌옥 사건의 범인들로 추정되는 마도의 일당들을 강호에 공개 수배했다.

대정맹 특급 수배령.

육절검마:현상금 백만 냥.

상기자는 산동에서 민간인 백 명 이상을 학살했던 육절검귀로서 금번 마뇌옥 사건을 일으킨 주동자임.

발견자는 즉시 대정맹 산하 지역 정파 연합에 신고할 것.

사왕 악해량:현상금 오십만 냥.

상기자는 육절검마와 더불어 금번 마뇌옥 사건을 일으킨 주동자임. 극히 위험한 살인마이니 강호인들은 접근을 아예 하지 말 것.

발견자는 즉시 대정맹 산하 지역 정파 연합에 신고할 것.

탈혼신궁 적양:현상금 십만 냥.

상기자는 전날 풍운대군을 저격 암살했던 자로서 금번 마뇌옥 사건에서도 육절검마와 함께 사건을 주동한 자임.

발견자는 즉시 대정맹 산하 지역 정파 연합에 신고할 것.

허공신마:현상금 오만 냥.

상기자는 육절검마와 더불어 산동에서 민간인을 학살한 자로서, 금번 마뇌옥 사건에도 동참했음. 아울러 상기자의 정체는 하북 이가산장의 후예, 이필로 밝혀졌음.

발견자는 즉시 대정맹 산하 지역 정파 연합에 신고할 것.

은부살귀:현상금 일만 냥.

상기자 역시 금번 마뇌옥 사건에 연루된 자임.

상기자 정보 없음.

발견자는 즉시 대정맹 산하 지역 정파 연합에 신고할 것.

공개 수배가 걸린 범인들은 다섯 명이지만 현장 조사와 당시 무인들의 증언을 종합한 결과 대정맹은 최소 열 명 이상의 범인들이 이 사건에 가담했다고 결론 내렸다.

열 명 이상이라면 조직 구성이 가능하다. 그러기에 대정맹은 이 사건을 강남의 마도맹 봉기 사건에 준하는 특급 사안으로 다루고 정파의 거물들을 이 사건 해결에 추가로 투입시켰다.

자칫하다가는 강북에도 마도 무리의 단체가 결성될 수 있다는 이유였다.

이러한 사건 처리 과정에서 대정맹이 한 가지 착오를 한 것이 있다면, 공개 수배의 효과가 그다지 크지 않다는 사실이었다.

무림의 공공 기관을 폭파시킨 범인들의 행위가 정당했던 때문이 아니었다. 그런 점을 따져 보기 이전에 대정맹의 여러 정책이 강호인들에게 외면과 의심을 받고 있기 때문이었다.

대정맹의 집권이 십 년을 넘어가자 권력 중심부에서 온갖 비리가 터져 나왔다. 그중에는 이들이 과연 정파가 맞는지 개탄스러울 정도로 치졸하고 비열한 사건도 제법 되었다.

강호인들은 이제 대정맹이 어떤 정책을 추진해도 그 진정성을 의심했다. 그러기에 이번 사건도 모종의 술책 아래 계획된 일이 아닌가 하고 의심했다. 특히 이 사건으로 인해 일패가 탈주했다는 점에서 더욱 의심을 가졌다.

민심 이탈이 이 정도로 심각하다면 대정맹은 마땅히 대오각성의 정신으로 새롭게 태어나야 했다. 그러나 권력의 속성이 그렇듯, 대정맹의 핵심들은 한 번 잡은 무림 권력을 포기하려 들지 않았다. 그들은 강호와 소통을 하기보다는 칼을 들었고, 그 칼은 해를 더할수록 일패의 그것을 닮아갔다. 강호에서 현 시대가 일패의 시대를 닮아간다는 사실을 모르는 이들은 오직 대정맹 그들 자신뿐이었다.

* * *

장안 초원유곽의 입구에도 공개 수배가 걸린 마뇌옥 사건 관련자들의 용모파기가 붙었다. 강호의 분위기가 그렇듯 유곽을 지나가는 행인 중에 그것을 관심 깊게 보는 이들은 거의 없었다. 용모파기에 '주씨와 그 일당들' 이라고 낙서가 그려져 있을 정도로 관리도 제대로 되지 않았다.

날이 어두워지는 오후 무렵, 행상 차림의 남자 셋이 유곽 입구 앞에 서서 공개 수배자의 용모파기를 올려다보며 이야기를 나누었다.

"씨, 짜증나! 사건은 같이 저질렀는데 내 현상금은 왜 맨날

저 모양이야!"

"킬킬, 그건 네가 존재감이 없기 때문이야. 넌 생긴 것도 싸우는 방식도 전부 밋밋해. 그래서 네가 아무리 악을 써도 적들의 눈엔 표가 안 나."

"젠장, 주명상의 침실에 도끼 들고 뛰어들던가 해야지, 기분 더러워서 이 짓도 정말 못해먹겠다!"

남자 셋은 행상으로 변장해 서안을 다녀온 이필과 혁사곽, 그리고 적양이었다.

적양이 말했다.

"형이 생각하기로는 현상 수배가 걸리지 않는 것이 더 다행스럽다고 보는데? 그리고 수배가 걸리더라도 현상금 금액이 낮아야 남들의 주목을 피할 수 있다고 보는데… 그렇지 않은가? 다른 이유가 있는가?"

이필이 흐뭇하게 웃으며 말했다.

"적양 형님, 일전에 능비가, 그러니까 우리 마결단장이 현상금 수배 금액이 곧 서열이라고 주장했습니다. 형님은 현재 현상금이 세 번째로 높으니 곧 마결단의 서열 삼위라고 할 수 있습니다."

"현상금이 순위라고?"

적양이 다시금 용모파기를 올려다보았다. 혁사곽은 일만 냥, 이필은 오만 냥, 그리고 적양 자신은 십만 냥이다. 적양은 금액을 따져 보곤 피식 웃으며 유곽 안으로 걸어갔다.

"그냥 해본 말이야. 마결단장을 제외하고는 마결단에 서열 같은 것은 없어."

적양의 말에 혁사곽이 반색하며 얼른 뒤따라왔다.

"그렇지요, 형님. 그런 게 다 무슨 소용이 있겠습니까?"

거기까진 좋았다. 그런데 적양의 이어진 말은 또 달랐다.

"대정맹 놈들, 그래도 사람 보는 눈은 있네."

"끄응."

이 말, 혁사곽을 두 번 죽이는 말이다.

유곽 안에는 마결단의 임시 본부, 초원반점이 있었다. 그 임시 본부 앞에서 세 사람은 다시 걸음을 멈추었다. 유녀들 때문이 아닌 본부 아래의 작은 술집 안에서 낯익은 남녀, 능비와 냉약빙을 발견했기 때문이다.

능비와 냉약빙은 창가에 붙은 좌석에 말없이 앉아 있었다. 멀리서 보기에도 서늘한 분위기를 느낄 정도로 둘의 표정이 안 좋았다.

이필이 둘의 모습을 잠시 지켜보고는 악평을 늘어놓았다.

"내 단언하건대 저 인간들은 세상에서 가장 재미없는 연인들일 거야. 얼굴 마주 보기도 어려워하는 저 짓을 대체 왜 하고 있는지 몰라."

적양이 말했다.

"자고로 예쁜 여자 싫어하는 남자 없어. 내 이제껏 강호 생활하며 북빙마만큼 아름다운 여자는 만나보지 못했어. 능비가 지금은 연애 감정에 서툴러도 결국은 약빙이의 진심을 알고 좋아하게 될 거야. 물론 약빙이도 나중에는 능비에게 애교를 부리는 그런 여자가 되겠지."

"애교라고요? 그건 형님이 약빙이를 잘 몰라서 하는 소리예요. 약빙이에게 애교는 곧 칼질이에요. 연애를 한답시고 달밤에 시체 하나 들고 와서 같이 해부하며 놀자고 그럴걸요. 안 그래, 혁사곽?"

말끝에 이필이 혁사곽을 돌아봤다.

혁사곽은 이필의 말을 못 듣고 있을 정도로 능비와 냉약빙의 모습을 깊이 쳐다보고 있었다.

"야, 현상금 일만 냥!"

이필이 혁사곽의 무릎을 툭 찼다. 혁사곽이 그제야 이필을 돌아봤다.

이필이 조심스럽게 물었다.

"아직도 약빙이에게 관심이 있는 거야?"

혁사곽은 고개를 저었다.

"전혀. 약빙이는 한번 싫으면 영원히 싫어하는 성격이야. 난 약빙이를 단념할 수밖에 없어."

"그런데 왜?"

"그게… 약빙이가 그러니까… 아냐, 내가 잘못 생각하고 있는 거야. 자, 그만 가자고. 숙돈이 우릴 기다리고 있어."

혁사곽은 답변을 에둘러 피하며 마결단 임시 본부로 향했다. 이필과 적양도 술집의 연인들을 잠깐 쳐다보곤 마결단 임시 본부로 들어갔다.

"필이와 사곽이가 돌아왔어. 하니 우리도 그만 일어나 본부로 돌아가자."

이필과 혁사곽이 술집 밖에서 능비와 냉약빙을 지켜보고 있을 때 실은 능비도 술집 밖의 단원들을 같이 쳐다보았다. 그가 그들이 지금 시간에 오리라 예상하고 본 것은 아니었다. 그가 술집 안에서, 아니, 맞은편 좌석에 앉은 냉약빙의 시선에서 자유로운 곳은 그나마 술집 밖의 광경뿐이었다.

냉약빙이 억양 변화 없는 음성으로 말했다.

"오늘은 마결단이 한자리에 모이는 특별한 날이 아냐. 우리가 거기에 갈 이유가 없어. 초명이 알아서 처리할 테니 우린 그냥 여기에 있어."

냉약빙은 누구와 대화하든 거만하다 싶을 정도로 상대의 눈을 똑바로 주시하고 말한다. 능비와 같이 있을 때도 예외가 아니다.

백마총에서 생활할 때만 해도 능비는 그런 그녀를 마주 봄에 어려운 문제가 없었다. 때론 그가 그녀보다 더 진한 눈빛으로 노려보기도 했다.

하지만 냉약빙이 그에게 남다른 감정을 가지고 있다는 말을 듣고 난 후로는 그녀를 예전처럼 깊이 쳐다보지 못했다. 연인 감정에 서툴러서 그런다는 것은 이유가 되지 않았다. 사람을 상대함에 싫고 아닌 것은 그도 냉약빙 못지않게 확실하게 표현하는 성격이었다. 유소란과 하룻밤을 보내고도 그는 그 다음날 냉정하다 싶을 정도로 그녀를 무정히 상대했다.

이유는 다른 것에 있었다. 처음엔 잘 몰랐는데 그는 어제오늘 어렴풋이 그 이유에 대해 알 것도 같았다.

냉약빙을 상대하기가 어려운 것이 아니라 그를 좋아한다는 냉약빙의 감정을 그가 어떻게 받아들여야 할지 감을 잡을 수 없었기 때문이다.

영산강에서 냉약빙과 재회했을 당시 그녀는 능비를 연모했다는 말을 증명하듯 단원들 앞에서 능비를 한참 쳐다보며 눈물을 글썽였다. 북해마녀라고 불릴 정도로 감정이 차가운 여자였다. 냉약빙의 그런 모습은 단원들이 예전엔 상상도 못한 모습이었다.

그러나 그녀의 파격적인 감정 표현은 그때뿐이었다. 정확히는 단원들이 다 같이 모인 장소에서만 연모의 감정을 담은 눈으로 그를 바라봤다. 단원 한둘이 모인 자리이거나, 그와 단둘이 남은 장소에서는 그런 감정을 일절 보이지 않았다.

당장 지금 이 자리만 해도 그랬다. 그녀와 거의 두 시진에 가깝도록 단둘이 자리했지만 그녀는 여인의 감정은커녕 지루하다 싶을 정도로 그와 일없는 시간을 보냈다. 유일하게 한 일이라곤 말간 눈으로 그를 조용히 응시하는 것뿐이었다.

의심스럽고 의문스러웠다.

과연 그녀가 나를 좋아하긴 하는가?

그런 감정을 가질 만큼 그녀가 여유로운 삶을 살아왔던가?

솔직히 그는 아니라고 생각했다. 그 자신을 돌아봐도 그랬다. 그는 이제껏 냉약빙과 감정을 나눌 어떤 사연도 공유하지 않았다. 남녀 감정에 쉽게 빠질 만큼 여유로운 삶도 절대 아니었다. 그러기에 냉약빙과 아무리 같이 붙어 있어도 그는 동지 이상의 감정이 느껴지지 않았다. 그가 그렇다면 냉약빙 역시 기본적으로는 그와 그다지 차이가 없을 터다.

이중적인 연모 감정.

혹시 가식적인 표현은 아닐까?

그녀의 감정이 그렇게 의심스러우니 그로선 그녀를 감정적으로 대하기가 더욱 꺼려지는 것이다.

"무슨 생각을 그렇게 해."

그녀의 음성이 그를 일깨웠다.

그는 고개를 돌려 그녀를 잠깐 마주 봤다.

"마땅히 할 일이 없잖아."

"그럼 술이나 한잔할까?"

"됐어. 마시고 싶지 않아."

'너하고' 란 말을 삽입하고픈 것을 그는 억지로 참았다.

그를 응시하던 그녀가 문득 희미한 미소를 보였다.

"하긴 내가 너라도 나랑은 마시고 싶지 않을 거야."

그녀의 미소는 아름답다. 그러나 그 미소는 향기가 전혀 없다. 능비는 그녀의 미소를 마주하고도 아무런 감정을 느낄 수 없었다.

그는 이제 가슴에 담긴 말을 꺼내야 할 때라고 생각했다.

"대체 나 같은 놈을 왜 좋아한다는 거야?"

"좋아하는 것을 두고 남녀 사이에 이유가 필요한가?"

"……."

"나는 너를 좋아하지 않아."

"상관없어. 내가 너를 좋아하니까."

"……."

"난 연인을 둘 만큼 여유롭게 살 놈이 못 돼. 앞으로도 널 연인으로 두는 일은 절대 없을 거야."

"상관없어. 어차피 너나 나나 명대로 살아갈 운 좋은 인간들이 아냐."

"……."

"나도 남자야. 너랑 같이 자자고 하면 어떻게 할 거야?"
"그럼 같이 자. 언제든지 줄게."
"……."
"정말 나 미치는 거 볼래?"
"미치고 싶으면 미쳐. 말리지 않아."
능비는 말을 중단했다. 도무지 안 된다. 이런 식으로는 감정 정리를 아무것도 할 수 없다.
그는 자리에서 일어나 물었다.
"마지막으로 묻자. 왜 하필 나야?"
즉각적인 답을 피하고 그녀가 그를 잠시 묘하게 쳐다봤다.
"너였으니까. 난 너만을 좋아할 수 있었으니까."
모호한 말이었다.
능비는 한참을 생각해도 답을 알 수 없자 간다는 말도 없이 그냥 술집을 빠져나갔다.
그녀는 그가 술집을 완전히 나갈 때까지 그를 부르지 않았다. 그를 따라가지도 않았다. 그가 나간 후로 그녀는 화주 서너 병을 시켜 밤이 늦도록 홀로 자작의 시간을 보냈다.

처소로 올라간 능비는 만사를 제쳐 놓고 냉약빙과의 관계에 대해 다시금 진지하게 고민해 봤다. 아무리 생각하고 또 양보해 봐도 지금의 관계는 옳지 않았다. 그녀와의 애매한 관계가 자칫 마결단의 분위기를 흐리는 일로 변할 수 있었다.

단원들 사이에 이미 그런 조짐이 보이고 있었다. 그가 냉약빙과 같이 있으면 단원들이 뒤에서 괜히 수군댔다. 남정이나 여옥상은 냉약빙이 마결단에 합류한 후로는 전처럼 그를 편하게 상대하지 못했다. 능비와 같이 있다가 냉약빙이 나타나면 은근히 말을 조심하고 또 어떤 경우에는 자리까지 피해주기도 하였다.

태원거사를 앞두고 있는 시점이다.

이렇게 어색한 사이가 지속될 바에는 차라리 둘 중 하나가 없는 게 낫다.

둘 중 하나가 마결단을 나가야 한다면 그건 냉약빙이 될 것이다. 그는 그런 결심으로 처소를 나가 혁사곽의 거처를 찾아갔다. 결심을 진행시키기에 앞서 그녀에 관해 알아볼 것이 하나 있었다.

“이 시각에 니가 웬일이야?”

심법 수련을 하고 있었는지 혁사곽은 침상에 올라 가부좌를 틀고 있었다.

능비는 처소를 여기저기 돌아봤다.

처소 구석에 화주 수십 병이 줄지어 놓여 있었다. 그중에는 아직 한 모금도 마시지 않은 화주도 있었다. 그는 화주를 한 병 들어 혁사곽에게 던지며 말했다.

"수련을 한다는 놈이 술은 왜 이렇게 많이 마셔?"

혁사곽이 술병을 받아 들고 침상에서 내려왔다. 그리고 탁자 앞에 앉아 술병을 입에 물었다.

"염려 마. 수련하기 위해 술을 마시는 거니까."

능비는 피식 웃었다.

"웃긴 놈. 취권이야? 술을 마시고 수련하게."

가볍게 던진 말이다. 그런데 혁사곽의 입에서 돌아오는 대답은 절대 가볍지 않았다.

"술을 마시지 않으면 그녀의 모습이 지워지지 않아. 그래서 수련하기 전엔 항상 술을 마셔."

"……."

능비는 잠시 침묵했다. 그의 고민만큼이나 어려운 고민을 하는 인간이 또 있었다.

혁사곽이 쓸쓸한 표정으로 말했다.

"부담 갖지 마. 이건 너랑은 상관없는 일이니까."

능비도 이제 화주 한 병을 입에 물었다.

"단념하기에는 아직 이르지 않을까? 네가 원한다면 난 얼마든지 너를 도와줄 용의가 있어."

"소용없어. 그녀가 선택하고 결정했어. 그러면 끝난 거야. 거기에 다른 이의 감정은 개입할 여지가 없어."

"그녀 앞에서 왜 그렇게 약한 모습을 보이지? 내가 알던 자섬검의 검사는 감정에 휘둘리는 나약한 위인이 아니었어."

혁사곽이 술을 마시던 행위를 중단하고 능비를 쳐다봤다. 혁사곽의 눈동자는 잠깐 동안 활활 타올랐고 이어서 다시 꺼져 버린 불처럼 쓸쓸한 잿빛을 보였다.

"특별하니까. 그녀는 아주 특별하니까."

혁사곽은 그 말을 끝으로 화주 여러 병을 연달아 입에 들이부었다. 그 모습. 흡사 주정뱅이의 말기 모습을 보는 것 같다. 쾌검사에게 폭주는 독과 같다. 어쩌면 혁사곽은 자섬검을 다시는 발휘 못할 수도 있다.

혁사곽의 폭주를 중단시키고자 능비는 냉약빙에 관한 물음을 던졌다.

"참, 묻고 싶은 게 있어. 이번엔 대답해 줘야 해."

"뭔데?"

"백마비동에서 무슨 일이 있었지? 일전에 넌 그때의 기억이 너무 추악해 말하기 싫다고 했어. 그 일에 약빙이 관련된 거야?"

"백마비동… 그래, 그런 더러운 일이 있었지……."

혁사곽은 쓰게 중얼대며 술병을 탁자에 내려놓았다. 탁자 위의 손이 가늘게 떨렸다. 그게 술을 많이 마신 현상 때문인지 내면의 분노 때문인지 능비가 알 수는 없었다.

혁사곽이 말했다.

"너도 알다시피 소무백은 백마총 건립을 최초 주창했음에도 불구하고 정작 백마총에 자신의 진전을 담은 석굴을 만들지 않았어. 백마비동의 끝에는 바로 그 소무백의 최후 비전이 담긴 장소가 적혀 있었어."

"그곳이 어디지?"

"광서 계림(桂林)."

계림의 위치는 중요하지 않다. 능비의 관심사는 그곳에서 벌어진 일이다.

"처음 우린 단순히 소무백의 비전이 담긴 장소라고만 생각했어. 그런데 막상 그곳에 가보니 그런 수준이 아니더군. 거의 제이의 백마총 수준으로 계림비전의 규모가 대단했어."

"그 정도야?"

정파인들은 물론 마도인들도 전혀 몰랐던 일이다. 소무백의 개인 능력으로 그런 공사를 완성했다면 실로 대단한 일이 아닐 수 없다.

"소무백이 마도의 군주로 무림을 십 년 동안 집권했기에 가능했던 일일 거야. 소무백은 아마도 그곳을 마도련의 강남 총단으로 만들고자 했던 모양이야."

"그래서?"

"우리에게 문제가 된 것은 계림비전이 단순히 외형적 규모만 크지 않았다는 점이야."

"무슨 뜻이지?"

"계림비전의 무고에 들어가니 천려금실화, 만년삼왕, 열구내단 등 무림인이라면 환장할 절세의 영약이 즐비했어. 뿐만 아니라, 역대의 무림을 찬란히 빛낸 마도칠병까지 그곳에 있었어."

"마도칠병? 그게 정말이야? 일황이 폐기한 것이 아니었어?"

능비는 깜짝 놀란 반응을 보였다.

마도칠병은 군림의 시대 이전의 무림 역사에서 가장 위력이 강했던 일곱 개의 병기를 말함이다. 원래는 구주칠병이라고 불렸는데, 일황이 권력을 잡은 후에 너무도 위험한 물건이라는 뜻에서 마도칠병이라 부르며 모두 수거하여 폐기시켰다고 한다.

"우리도 그렇게 알고 있었지. 한데 폐기가 아니고 군림 권력의 보관이었어. 소무백은 후에 강호인 모르게 몰래 빼돌린 것이고……."

"흐음."

능비는 이제 혁사곽이 말하려고 하는 그 추악한 일의 단초를 알 것도 같았다.

마도칠병. 위험한 물건인만큼 무림인이라면 소유욕도 지대하다. 혈마나 금마 같은 패거리가 그것을 남들에게 내어줄

리가 없는 것이다.

"계림비전과 마도칠병의 소유권을 두고 백마총의 후예들이 서로 대립했어. 그때 혈마와 금마는 무력을 앞세워 그 모든 것을 독식해 버렸어."

마도 천하를 위한 소무백의 안배이다. 어느 한 부류의 무조건적인 독식은 있을 수가 없다. 건전한 경쟁으로 마도의 힘을 키운다는 백마총의 정신에도 어긋난다.

"교관들은 뭐 한 거야?"

"계림비전에 들어간 순간, 교관들은 강립과 관후군의 하수인으로 전락해 버렸어. 그 인간들이 그때 정신이 완전히 돌았던 거지."

"마검후는?"

"마검후는 계림까지 따라가지 못했어. 정파 무인들의 추격을 저지하고자 혼자서 백마비동의 출구를 지켰어. 그리고 그 후에는 계림과 반대 방향으로 달려 적의 추적을 자신에게 돌리게 했어."

"아."

능비는 안타까운 숨결을 흘렸다. 마도의 후예들이 백마총을 무사히 탈출한 이유 안에는 마검후의 그런 자기희생이 있었던 것이다.

"하면 북빙마는?"

능비가 냉약빙에 관해 묻자 혁사곽은 착잡한 숨결을 흘리며 말을 이었다.

"약빙은 당연히 결사적으로 반발했어. 계림의 무림 영약은 후예들에게 균등하게 나누어주고, 마도칠병은 후에 십마지존을 가리는 비무 결과에 따라 공평하게 소유권을 주자고 하였지."

"……."

"허나 혈마와 금마 무리는 약빙의 말을 전혀 듣지 않았어. 특히 관후군은 약빙이 오히려 마도를 분란시키는 행위를 하고 있다며 약빙에게 기습 공격을 펼쳤어."

"북빙마의 조직도 상당했다고 알고 있는데?"

"물론, 당시 약빙과 뜻을 같이한 후예들이 열다섯 명은 확실히 되었어. 허나 혈마가 금마의 편을 들어 둘의 싸움에 개입한 탓에 그들은 약빙을 도와주지 못했어. 정확히는 약빙을 도와주기 이전에 싸움의 상황이 끝나 버린 거야."

능비는 인상을 구겼다. 금마와 혈마의 합공. 냉약빙으로서는 도무지 막을 수 없었을 것이다.

혁사곽이 이를 뿌득 갈고는 다시 말을 이었다.

"싸움이 끝나고 난 다음 혈마는 우리들이 지켜보는 앞에서 약빙의 멱살을 잡고는 살고 싶으면 무릎을 꿇고 자신의 발을 핥으라고 말했지."

능비는 입술을 질끈 깨물었다.

그 모멸감, 그 수치감.

북빙궁주이기 이전에 한 여인으로서 어찌 감당할 수 있었을까.

"우린 그때 약빙이 틀림없이 혀를 물고 자진하리라 생각했어. 우리가 알고 있던 약빙은 수치를 당하느니 차라리 깨끗하게 한목숨 끊어버리는 성향의 여인이었으니."

"그런데?"

"하지만 약빙은 그때 모두의 예상을 깨고 혈마 앞에 무릎을 꿇었어. 그리고 혈마의 발을 핥으며 마존의 노리개가 되겠으니 제발 살려달라고 빌었지."

"……."

능비는 숨이 멎는 심정이었다. 자존심으로는 천하제일을 자랑하던 북빙마가 어찌 그럴 수 있단 말인가. 그것도 자기를 따르는 마도의 후예들이 지켜보는 앞에서.

"그때 그녀의 비굴한 모습. 그 모습을 본 마도의 후예들은 실망을 넘어서서 분노를 표출했지. 그리고 다시는 그녀를 보지 않겠다며 차갑게 등을 돌렸지. 그게 그때의 일의 전부야."

혁사곽의 이야기가 끝났다.

능비는 충격이 너무 커 할 말을 잃었다. 북빙마에게 가졌던

환상이 산산이 깨지는 심정이었다. 그리고 내심 그녀에게 화도 크게 났다. 까짓 죽어버리면 되지, 무엇 때문에 그렇게 수치를 당하고 살아가는가.

능비는 침묵 속에서 혁사곽을 응시했다. 이야기를 마친 혁사곽은 다시 술을 입에 들이붓고 있었다.

그녀를 연모하면서 그녀에게 다가서지 못하는 혁사곽의 심정을 그는 이제 조금은 알 것 같았다. 그녀가 모멸을 당하던 그때, 혁사곽은 그녀 앞에 당당히 남자로서 나설 기회를 잃었다. 재기는 할 수 있어도 기억은 지워지지 않는다. 그래서 다시는 그녀 앞에 남자로서 나설 수가 없는 것이다.

"나 그만 갈게."

더는 대화를 할 분위기가 아니라고 판단되자 능비는 일어나 문으로 걸어갔다.

"능비."

혁사곽이 문득 불렀다.

능비는 뒤돌아 혁사곽을 쳐다봤다.

혁사곽은 쓰린 표정으로 말했다.

"그녀의 그때 행위를 쉽게 생각하지 마. 그녀는 모멸을 겪었지만 대신 열다섯 명은 살아남았어. 나도 살고, 소명도 살고, 옥상도 살고, 남정도 살았어. 내 말 무슨 뜻인지 알겠어?"

능비는 대답없이 혁사곽을 쳐다보곤 뒤돌아 문을 나왔다.

마음이 너무 착잡해 그는 숙소 건물을 빠져나와 거리로 나왔다. 밖은 한밤이었다. 그는 거리를 천천히 걸으며 생각해 봤다.

"그녀는 모멸을 겪었지만 대신 우린 살았어."

혁사곽의 그 말이 과연 그녀가 모멸을 감수한 이유의 전부일까?

물론 그럴 수도 있다. 무림의 수장들 중에는 겉으로는 차갑고 고집스러워도 안으로는 의외로 다정한 심성을 가진 사람이 더러 된다. 그런 사람일 경우 대의를 위해 기꺼이 자기희생을 하기도 한다.

그러나 그것만으로는 이유가 전부 설명되지 않는다. 그토록 치욕스런 모멸이라면 자기 사람을 살린 후에 아무도 없는 곳에서 혀를 물어버리면 되지 않겠는가.

혹시 북빙궁을 반드시 재활시켜야 한다는 사명감 때문은 아닐까. 북빙궁은 마도의 소림사로 불릴 정도로 역사가 깊은 곳이다. 그런 곳이 그녀의 대에서 현판을 내렸으니 그녀로선 반드시 살아남아야 할 막중한 이유가 있을 수가 있다.

어쩌면 복수일 수도 있다. 대정맹 집권 이후로 북빙궁은 문파의 구 할이 처참하게 죽었다. 그녀의 부모도 형제도 정파의 칼날에 전부 죽었다. 원한이 너무 깊어 모멸을 겪더라도 훗날을 위해 살아나고자 했던 것은 아닐까.

추론은 여럿 되지만 확신되는 답은 하나도 없었다.

'그녀의 일이야. 내가 나설 상황이 아냐.'

그는 심란한 심정을 털고 숙소로 다시 걸음을 돌렸다. 생각해 보면 이건 그녀의 인생이며 또한 그녀가 풀어내야 할 일이었다. 그는 거기에서 어디까지나 방관자일 뿐이었다. 괜히 나선다면 그녀의 자존심에 다시 상처를 주는 일이 될 수 있었다.

"응?"

방관자란 생각을 할 때 그는 문득 걸음을 멈추었다. 오늘 오후에 냉약빙과 같이 자리했던 그 술집 앞이었다. 밤이 늦었음에도 그녀는 여전히 창가의 그 자리에 앉아서 술을 마시고 있었다.

그는 한동안 말없이 그녀를 지켜봤다. 그녀는 홀로 술을 마실 때도 빳빳하다 싶을 정도로 정자세를 유지했다. 술병이 탁자에 꽤나 놓였건만 취한 모습은 조금도 보이지 않았다.

그런 그녀를 지켜보고 있을 때 다소 묘한 감정이 그를 찾아왔다. 그녀의 삶과 전혀 상반되는 측은함인데 그 감정은 이상하게도 그동안 그를 난감하게 했던 사안과 연결되어 버렸다.

"그런 건가?"

그는 씁쓸히 웃었다. 그녀가 그를 연모했다고 밝힌 이유를 이제야 알 것 같았다. 이유를 알게 되자 마음이 한결 편했다. 이제는 그녀를 어렵지 않게 상대할 수 있을 것 같았다.

그는 술집 안으로 들어갔다.

"혼자서 그렇게 마시면 지겹지 않아?"

그의 음성이 들리자 그녀가 말간 눈으로 쳐다봤다.

그는 그녀의 맞은편 좌석에 앉아 잔을 내밀었다.

"한 잔 따라봐."

"마시고 싶으면 니가 채워 마셔."

"나를 좋아한다면서 그것도 못해줘?"

달라진 그의 어투에 그녀가 술을 마시다 말고 그를 빤히 응시했다. 그는 그녀의 눈길을 피하지 않고 똑바로 마주 봤다.

어투에 이어 능비의 눈빛까지 이전과는 다르다. 결국 그녀가 먼저 그의 시선을 피하며 그의 잔에 술을 따랐다.

그는 잔을 그녀의 눈앞으로 들었다. 그녀가 그렇듯 그 역시 남녀 사이의 분위기 조성 같은 것은 할 줄 모른다.

"이필이 말하더군. 너와 난 세상에서 가장 재미없는 연인이라고."

"……."

"그런 의미에서 우리 건배하자. 연애가 무엇인지도 모르는 재미없는 놈을 선택한 교활한 여자를 위해."

"……."

"그리고 감정없는 여자의 전시용품으로 전락한 불쌍한 남자 인형을 위해."

그녀가 멈칫하곤 그를 진하게 응시했다.

"농담도 할 줄 알아?"

그는 잔을 단숨에 비우고 말했다.

"농담 아냐. 난 말장난 같은 거 할 줄 몰라. 넌 강호로 다시 나올 명분을 얻고자 나를 이용했을 뿐이야."

그를 쳐다보는 그녀의 눈빛이 가늘게 떨렸다.

"그래서 이제 어떻게 할 건데? 단원들에게 말할 거야?"

"아니, 난 상관없어. 가련한 여자 인생 하나 구제해 주는 셈 치지 뭐. 어차피 진짜로 연애를 할 사이도 아니고."

"고마운 배려이군, 눈물이 나도록."

눈물은 당연히 없다. 그녀는 그 말을 한 다음 스스로 잔을 채워 술을 마시기 시작했다. 술을 마실 때 능비는 전혀 쳐다보지 않았다. 술자리를 그만 떠나달라는 간접 표현이었다.

그는 술 한 병을 전부 비우고 난 다음 일어나 말했다.

"참, 아무리 가짜 연인이라도 남자의 역할은 할 생각이야."

"……?"

"널 힘들게 했던 놈들. 이다음에 그놈들을 만난다면 내가 그 열 배로 갚아줄 작정이야. 감히 내 여자의 가슴을 아프게 한 죄를 물어."

그녀가 흠칫하며 능비를 올려다봤다.

그는 피식 웃어주곤 뒤돌아 술집을 걸어나갔다.

문이 닫히고 그의 모습이 시야에서 사라진다.

그녀는 술잔으로 고개를 돌렸다. 무거운 정적 속에서 그녀는 탁자로 무너지듯 엎어졌다.

第九章
마도내전(魔道內戰)

마뇌옥이 폭파된 지 어느덧 사 개월. 겨울은 약동의 기운에 밀려 강호 저 너머로 물러갔다. 마결단은 이 기간 동안 단원들의 활동을 크게 삼 등분하여 강호인들 모르게 은밀히 작업을 진행해 왔다.

적양과 혈우삼포는 강북의 마도인들을 포섭하는 일을 맡았고, 이필과 혁사곽은 일패를 모처에 연금해 망량금에 관한 조사를 벌였다. 그리고 능비를 비롯한 나머지 단원들은 초소명의 설계에 따라 무상검문 개파에 관한 제반의 일을 진행했다.

세 가지 작업 외에 초소명이 단독으로 진행하는 일도 한 가지 있었다. 무상검문 개파의 핵심을 쥐고 있는 인물, 목예추를 상대하는 일이었다.

초소명은 이제껏 목예추를 혼자서 극진히 돌보았다. 먹는 것부터 잠자리까지 직접 챙겼고 나아가서는 단원들의 접근도 막았다.

초소명의 이러한 돌봄은 목예추가 마결단의 설계에서 아무리 중요한 역할을 한다고 해도 확실히 지나침이 있었다. 삶이 곧 설계인 초소명이었다. 정성 어린 돌봄에는 반드시 이유가 있어야 한다. 그러나 초소명은 이 이유에 대해서만큼은 마결단의 총회가 있는 날까지 기다려 달라는 말만 할 뿐 능비에게도 말하지 않았다.

마결단의 총회까지 앞으로 삼 일.

초소명은 이날, 목예추를 직접 마차에 태워 초원유곽을 나갔다. 능비가 위험하다며 이괴망종을 호위로 붙여주었지만 그것마저도 물리치고 굳이 자신이 마차의 고삐를 잡았다.

마차가 향하는 곳은 무상검문의 개파 예정지인 화태산.

그곳으로 향하는 동안 초소명은 어느 때보다 표정이 밝았다.

"햇살이 아주 따스합니다. 이런 날씨에 갑갑한 실내를 벗어나니 봄기운에 제 마음까지 살살 녹아드는 것 같습니다. 어떠십니까? 목 대협께서도 지금 기분이 아주 상쾌하시지요?"

화태산 초입에서 초소명이 마차 안을 들여다보며 말했다.

마차 안에서는 아무런 대답이 들려오지 않았다. 그저 무거운 숨결만 흘러나왔다.

초원유곽에서도 늘 이랬다.

목예추는 마뇌옥 탈출 첫날과 둘째 날의 설전 이후로 초소명이 아무리 지극 정성으로 돌보아도 거의 입을 열지 않았다. 서로의 길이 다르니 거리를 두겠다는 뜻이었다.

마뇌옥을 탈출한 후로 목예추는 대정맹 타도라는 점에서는 같은 마음이었지만 무상검문을 일으켜 대정맹에 전면적으로 맞서겠다는 마결단의 뜻에는 동참을 하지 않았다. 자칫하면 천하가 피로 물든다는 이유였다.

목예추가 마결단의 일에 동참하지 않으면 태원거사는 처음부터 다시 설계를 해야 한다. 목예추의 냉담한 거절에 초조하고 답답한 마결단이었지만 정작 이 설계를 꾸몄던 초소명은 그다지 걱정을 하지 않았다. 마결단 총회가 벌어지기 전까지 목예추는 마결단의 일에 동참할 수밖에 없다고 확신을 가진 것이다.

화태산으로 향하는 지금도 달라진 것은 없었다. 목예추는 아직 마음을 돌려먹지 않았고, 초소명은 여전히 걱정이 없는 모습이었다.

이윽고 마차가 멈추었다.

"다 왔습니다. 목 대협께서는 내리시지요."

초소명이 마차의 문을 열었다.

오십대의 백의문사가 밖으로 나와 주변을 돌아봤다.

눈빛이 깊고 눈썹은 짙었다. 콧날은 힘차고 입술은 강직했다. 마른 체형을 제외하고는 마뇌옥에서 감금된 생활을 했던 사람이라고는 도무지 여겨지지 않았다.

"여기가 어디인지 알아보시겠습니까?"

초소명이 전방 화태산을 가리키며 물었다.

"흐음."

목예추는 무거운 눈빛으로 산야를 돌아볼 뿐 감정 표현을 하지 않았다.

초소명이 목예추의 표정을 살피며 말했다.

"이곳은 화태산입니다. 대정맹에 맞설 무상검문을 바로 이곳에 세울 예정입니다."

"……."

화태산을 바라보던 목예추가 초소명을 서서히 돌아봤다. 그리고 오늘 처음으로 입을 열었다.

"무상검문이 될 수는 없겠지만 아무튼 잘해보게. 자네들의 일에 동조는 못하겠지만 대정맹을 혼내고픈 심정은 나도 자네들과 같네."

"자신하지 마십시오. 목 대협도 곧 우리와 같이 행동을 하게 될 것입니다."

목예추는 고개를 저었다.

"아니네. 다시 말하지만 난 그럴 일이 없네. 난 자네들과 뜻을 같이하기에는 살아온 환경이 너무 다르네. 또한 서로가 지향하는 이상이 다른데 어찌 같은 길을 걷는 동지가 될 수 있겠는가. 괜한 수고 하지 말고 나에 대한 마음을 그만 접게."

이상이란 정파와 마도의 차이점을 말하는 것. 단원들이 신분을 밝힌 적이 없지만 목예추는 마결단이 마도의 후예들이라는 것을 알고 있었다.

초소명이 곧은 어조로 말했다.

"대정맹이 천하의 도의를 망치고 있거늘 정마의 구별이 무슨 의미가 있겠습니까?"

"그렇다고 형제끼리 칼을 들 수는 없네. 무림이 늘 그랬듯 어지러우면 다시 바로잡으면 되는 것이네."

"그래서 그것을 바로잡고자 우리가 나섰습니다."

"아니네, 자네들은 바로잡는 것이 아니라 갈아엎고자 나섰네. 칼은 칼을 부르는 법. 무력은 절대 해결책이 되지 못하네."

"썩은 물이 강호에 넘쳐흐르고 있습니다. 정화가 될 수준이었다면 우리가 칼을 들지도 않았을 것입니다."

"그건 자네들의 생각이네. 썩은 물의 속을 보았는가? 그 속까지 썩었다고 과연 확신할 수 있는가?"

초소명이 말을 중단했다.

전날, 두 번의 설전에서도 논리로 상대하려 들면 언제나 초소명이 먼저 물러났다. 목예추의 경륜이 그만큼 깊어서 물러선 것은 아니다. 초소명에겐 그리해야 할 남다른 이유가 있다.

"그리고 내가 자네들의 뜻에 동참하지 않는 다른 이유도 있네."

"……!"

초소명이 눈을 빛냈다. 목예추는 이제까지 원론적인 논리로 마결단의 일에 반대했을 뿐 개인적인 생각은 한 번도 거론하지 않았다.

"그게 뭐지요? 말씀해 주십시오. 경청하겠습니다."

"무상검문을 세워 대정맹에 맞서겠다는 자네들의 일에 진정성이 안 보이네."

"진정성이라 하시면?"

"다시 말해, 무상검문을 세우겠다는 자네들의 동기가 의심스럽다는 것이네. 혹시 나 모르게 따로 계획한 일이 있는가?"

"……."

초소명은 침묵의 눈길로 목예추를 바라보곤 빙그레 미소를 머금었다.

"목 대협께서는 저희를 너무 크게 보시는 것 같습니다. 무상검문을 세우는 것보다 더 중요한 일이 어디에 있겠습니까?"

목예추도 잠시 초소명을 무언의 시선으로 응시했다. 초소명의 얼굴에서 미소 외에 다른 감정이 보이지 않자 목예추는 가만히 등을 돌렸다.

"자네는 아직도 나를 속이고 있네. 나는 한 가슴에 두 마음을 담은 사람과는 대화할 생각이 없으니 그만 돌아가세."

등을 돌린 목예추는 눈을 감았다. 더는 할 이야기가 없다는 뜻이었다.

초소명은 그런 목예추의 등을 한참 바라봤다. 그러던 한순간 그는 주먹을 말아 잡고 눈빛을 떨었다. 무언가를 인내하는 모습, 초소명의 평소 모습이 아니었다.

초소명이 입을 열었다. 지금까지 대화와는 아주 동떨어진 이야기였다.

"목 대협께서는 화태산의 일화에 대해 들어보신 적이 있습니까? 그 일화는 제가 화태산에 무상검문을 세우려고 했던 이유와 연결됩니다."

목예추는 대답을 하지 않았다. 숨소리만 조금 깊어지고 있었다.

"이십삼 년 전이었지요. 당시 초가보의 한 여인이 이곳에서 운유수행을 하던 한 남자를 만났습니다. 남자의 성품은 봄바람처럼 따뜻했으며 그 기상은 중천의 해처럼 밝고 힘찼지요. 첫 만남에서 남자를 연모하게 된 초가보의 여인은 그 후로 가문의 반대를 무릅쓰고 그 남자를 따라 남자의 가문으로 들어갔습니다."

"……!"

초소명의 이야기 도중 목예추가 멈칫했다. 그러더니 불신이 어린 얼굴로 초소명을 되돌아봤다.

"당시는 정마의 대립이 극심하던 시절이었습니다. 무상검문과 비밀리에 연을 맺은 남자는 십 년 동안 강호를 떠돌며 무언가를 찾아다녔고, 그사이 초가보의 여인은 남자의 가문에서 마도의 여인이라며 극심한 핍박을 받다가 강제 축출되었습니다. 그 후 여인은 남자를 처음 만났던 이곳 화태산으로 돌아와 외로운 생활을 시작했지요."

"으으."

목예추의 입에서 신음성이 흘러나왔다. 목예추의 정도 인생에서 유일한 아픔, 그 일이 초소명의 입에서 흘러나오고 있었다.

"화태산에서 혼자 살던 그녀는 너무도 외롭고 힘든 나머지

치유가 안 되는 깊은 병에 빠져들고 말았습니다. 병마와 싸우면서 유일한 소망이 있었다면 남편과 화태산에서 다시 재회하는 일이고, 다른 한 가지는 그 남자의 핏줄인 두 살박이 아이를 장래에 훌륭한 학사로 키우는 것이었지요."

"너! 너!"

목예추가 떨리는 걸음으로 초소명에게 다가왔다.

목예추의 감정 변화와 다르게 초소명은 이제 점점 더 차가워지고 있었다.

"그러나 그토록 기다렸건만 여인이 눈을 감을 때까지 남자는 끝내 돌아오지 않았습니다. 그리고 여인이 죽자 그 아들은 초가보에서 거두어 외숙의 양자로 다시 태어나게 되었습니다."

"설마, 네가! 네가 그 아이더란 말이냐?"

초소명은 목예추의 애탄 물음에 답하지 않았다. 대신 품속에서 작은 동경을 꺼내어 목예추에게 건넸다. 동경에는 한 줄의 글이 적혀 있었다.

추(秋)의 삶에서 가장 운수가 좋았던 날은 화태산에서 희(熙)를 만난 날이로세!

"아아! 가희! 가희!"

목예추는 동경을 가슴에 안고 눈물을 주룩주룩 흘렸다. 초소명이 누구인지는 이제 더는 확인할 필요가 없었다.

초소명은 목예추의 모습을 잠시 지켜보곤 마차로 뚜벅뚜벅 걸어가 마차의 문을 열었다.

"오늘로 당신은 자유입니다. 우리의 일에 합류하지 않겠다면 그냥 가셔도 됩니다. 다만, 떠나시겠다면 그 동경의 거짓된 글은 당신께서 직접 지우고 가십시오."

선택의 자유.

그러나 이 선택은 목예추에게 판단의 여지를 주지 않는 속박.

울음을 멈춘 목예추는 동경을 가슴속에 넣고 마차로 걸어갔다.

* * *

목예추가 무상검문 활동을 선언한 삼 일 후, 마결단의 핵심 단원이 전원 참석한 총회가 마결단 본부 지하 밀실에서 열렸다. 밀실의 중앙에는 기다란 회의 탁자가 놓였고, 그 상단에는 능비가 앉았다.

총회가 열린 지 한 시진. 초소명이 무상검문의 공사 기간과 개파 시기에 대해 말했다.

"무상검문의 방어막 구축은 현재 삼 할 정도 진행되었습니다. 올 구월까지 방어막 공사를 끝내고 십일월에는 무상검문의 개파를 공식 선언할 계획입니다."

회의 탁자 끝에는 삼 인의 중년인이 앉아 있었다. 하북의 남천생, 하남의 서운표, 사천의 남건인데 현재 각각의 지역에서 마도 활동을 하고 있는 자들이었다.

남천생이 물었다.

"십일월에 개파라면 무상검문을 세울 장소는 어디입니까?"

"죄송합니다. 그것은 아직 밝힐 수 없습니다. 여러분을 못 믿어서가 아니라 그만큼 극비로 다룰 사안이기 때문입니다."

남천생에 이어 서운표가 물었다.

"무상검문은 정마를 초월하는 단체라고 하였는데 과연 무림인들이 협조를 할까요? 성분이 다르면 내부 분란은 필연적인 법입니다. 차라리 지금처럼 마도인들만으로 활동을 펼치는 것이 옳지 않겠습니까?"

"정천거사 이후로 마도의 힘은 십분의 일로 줄어들었습니다. 이런 상황에서는 마도의 힘만으로는 대정맹을 절대로 타도할 수 없습니다. 적의 적은 곧 아군이라는 말이 있습니다. 소의를 버리고 대의로서 나선다면 결국 무림인들도 우리의 뜻을 이해해 줄 것입니다."

초소명의 주장은 원론적인 말이었다. 정마는 오늘날에 불과 물의 사이와도 같았다. 그러기에 단원들은 초소명의 주장에 내심으로 동의를 하지 않았다. 능비 역시도 태원거사를 하기 위한 전초 작업이라는 점에서만 초소명의 주장에 동의를 하였다.

남천생이 말했다.

"무상검문을 열겠다는 의도는 나쁘지 않습니다. 실제 우리 지역에서도 대정맹의 정책에 반대하는 정파인들이 상당수 됩니다. 문제는 강남의 마도맹입니다. 이 자리에 모이신 단원들의 대부분이 마도의 정통 후예들입니다. 이분들이 과연 마도맹의 승인 없이 독단적으로 움직일 수 있겠습니까?"

초소명이 말했다.

"마도맹과는 문제가 없도록 추후 협의를 할 생각입니다. 하니 지역의 마도인들께서는 저희를 믿으시고 무상검문의 지원에……."

초소명의 말을 귀담아듣는 이들은 지역의 마도인들뿐이었다. 마도맹과 연합을 할 생각이 전혀 없는 단원들은 초소명의 말을 그냥 한 귀로 흘려들었다.

의미없는 말이 계속되자 능비는 오늘의 총회가 불필요하다는 점에서 의문을 가졌다. 단원들은 현재 이 회의에서 거론되는 안건에 대해 깊이 숙지하고 있었다. 단순히 알림에 불과

한 마결단 회의라면 대정맹의 감시가 엄중한 이 시기에 굳이 전체 모임을 가질 필요가 없었다.

'소명에게 다른 뜻이 있다는 건가?'

초소명은 회의가 시작된 이래 원론적인 말로 일관했다. 마결단의 활동에 영향을 끼칠 중요 사안은 언급도 하지 않았다. 마치 일부러 의미없는 정보만 흘리는 것 같았다.

무엇이 그리도 궁금한지 초소명의 말이 끝나자마자 남천생과 서운표가 연달아 마결단에 관한 사안을 질문했다. 두 사람 외에 나머지 한 사람은 거의 입을 열지 않았다. 능비는 의문의 심정과 더불어 그 한 사람이 아까부터 유독 눈에 거슬렸다.

사천의 남건.

사천의 이세대 마도 무인인데 회의가 시작한 후로 단원들을 한 번씩 묘하게 쳐다봤다. 능비와도 눈이 몇 번 마주쳤는데 그때마다 아주 태연히 시선을 거두었다. 너무 태연한 것, 그게 그의 신경을 건드렸다. 지금 이 자리는 만만한 자리가 절대 아니었다. 능비 자신을 비롯해 마도의 특급 고수들이 즐비한 곳이었다. 태연하다는 것이 당연히 이상하게 느껴질 수 밖에 없었다.

능비가 남건을 다시금 주시하고 있을 때였다.

[마결단장! 지금부터 내 말을 듣기만 해. 전음으로 답할 생

각은 하지 마.]

누군가가 그에게 전음 비슷한 음성을 보내왔다.

능비는 본능적으로 회의장을 돌아봤다.

[돌아보지 마. 그냥 태연히 있어. 안 그러면 들켜.]

무엇이 들킨다는 말인가? 그리고 이 전음은 대체 누가 보낸 것인가?

능비가 슬쩍 눈을 돌리자 다시 전음이 날아왔다.

[눈빛도 안 돼! 그냥 가만있어! 나는 환마야! 환마 구휘!]

'응? 구휘라고?'

환마 구휘가 능비에게 접근한 것은 이번이 처음이었다. 듣기로 그간 다른 단원들에게는 한 번씩 음성을 날려 자신의 존재를 드러냈다고 한다.

[그동안 마결단장을 쭉 지켜봤어. 딱 내 취향이야. 아주 마음에 들어. 조만간 단장의 등을 한번 빌릴 생각이야.]

등을 빌린다는 말은 능비의 등 뒤에 출현하겠다는 뜻이다.

[참, 내가 지금 단장에게 전음을 날리는 이유는 회의장에 마도맹의 고양이 한 마리가 숨어들었기 때문이야.]

'고양이?'

무슨 뜻인지 알 수 없었다. 반문을 하고자 능비가 응답 전음을 준비했는데 그 순간 구휘의 전음이 날아왔다.

[물어보지 마! 들킨단 말야. 그냥 듣기만 해. 그 고양이는

마도십마 중의 요마 천요금이야. 요마는 상대방의 전음도 엿들을 수 있어. 물론 내가 보내는 것은 예외이지만.]

'마도십마라고?'

능비는 내심 깜짝 놀랐다. 마도의 십마지존이 왜 이 자리에 숨어 있단 말인가?

[남건의 눈을 몰래 주시해 봐. 눈동자에 진한 녹기가 스며…… 스며…… 어? 지금 놈이 눈치챈 것 같아. 단장, 어서 조치해!]

구휘의 전음이 중단됐다. 능비는 즉시 자리에서 일어났다.

"단장, 왜?"

능비의 갑작스런 일어섬에 단원들이 전원 능비를 주목했다.

능비는 회의 탁자를 벗어나 남건에게 걸어가며 말했다.

"장안의 본부를 옮기는 것도 중요하지만, 그보다 먼저 우선적으로 처리해야 할 일이 있습니다. 그것은……."

단원들이 이상하단 눈으로 능비를 쳐다봤다. 갑작스런 일어섬도 이상하고 말의 내용도 이전에 초소명이 했던 말과 연관되지 않았다.

남건의 맞은편 좌석에는 여옥상이 앉아 있었다. 능비는 여옥상의 뒤에 서서 앞뒤가 맞지 않는 말을 이었다.

"창고에 숨은 고양이를 두들겨 잡는 일입니다."

"고양이? 무슨?"

여옥상이 생뚱한 눈으로 뒤를 돌아봤다.

능비는 반문을 무시하고 여옥상의 등에 매달린 단창을 툭 툭 쳤다.

"이거 재질이 뭐지?"

"백년한철. 한데 왜?"

"잠시 빌릴 수 있을까?"

빌린다는 능비의 말에 맞은편의 남건이 흠칫하며 일어섰다.

능비는 단창을 바로 뽑아내며 남건의 움직임을 저지시켰다.

"고양이, 앉아! 아직 내 말 안 끝났어!"

빡!

말과 동시에 능비가 단창을 남건의 머리에 내려쳤다.

"아악!"

비명과 함께 남건의 머리에서 피가 분수처럼 튀겨 올랐다.

"이런!"

"대체 이게 무슨 짓이오!"

남천생과 서운표가 화난 얼굴로 자리를 박차고 일어났다.

단원들도 능비를 이해할 수 없다는 눈으로 바라봤다.

반전은 바로 발생한다.

"크크."

즉사했으리라 여겼던 남건이 돌연 킥킥대며 머리를 들었다. 피로 덮인 남건의 얼굴. 악귀와도 같은 모습인데 진정 섬뜩한 광경은 그다음에 일어났다. 남건의 얼굴이 촛농처럼 녹아들고 있었다.

"고양이 주제에!"

빡!

능비가 다시금 단창을 내려쳤다.

"킥킥!"

녹아들던 머리가 박살 났지만 남건은 죽기는커녕 벌떡 일어나 창가로 뛰어갔다.

"이놈! 요마로구나!"

남건의 정체가 뒤늦게 단원들에게 파악됐다.

이필이 앉은 자세 그대로 붕 떠올라 창가를 먼저 선점해 요마의 진로를 막았다.

그러자 요마는 다시 반대편 창가로 날듯이 뛰어들었다.

콰앙!

혁사곽이 은빛 도끼로 요마의 등을 갈랐다. 요마는 가슴이 갈라진 채 바닥을 데굴데굴 굴렀다. 요마가 구르던 위치에서 가장 가까운 단원은 냉약빙. 냉약빙이 현음장으로 요마의 허리를 벼락같이 후려쳤다.

파앙! 츠츠츠츠츠!

현음장의 여파로 요마의 전신이 순식간에 얼어붙었다.

"잡아!"

요마의 동작이 중지되자 단원들이 일제히 요마를 향해 달려들었다.

순간 얼어붙던 요마의 전신에 혈선이 쩍쩍 생겨났다.

그것을 본 이필이 달려들다 말고 소리쳤다.

"대요혈선탄이다! 전부 피해!"

콰아앙!

이필의 말과 동시에 요마의 몸이 수백 조각의 살점 형체로 폭발했다.

찢어진 살점이 단원들을 우박처럼 덮쳤다.

단원들은 전부 개인 방어를 하고 있던 상태.

요마의 음성이 어디선가 들려왔다.

"크크! 백마총의 배신자들이 전부 여기에 모여 있었구나! 배신자들에게 마도맹주의 엄명을 전한다! 너희는 지금 마도를 분란시키는 반마 모의를 하고 있다. 즉시 마결단을 해체하고 마도맹으로 투항하라! 마도맹은……."

"닥쳐!"

요마의 음성이 들려오는 곳으로 능비의 눈이 휙 돌아갔다.

좌측 벽면.

찢어진 살점들이 그곳으로 파고들고 있다.

능비가 그곳으로 단창을 내던졌다.

콰앙!

단창이 좌측 벽면을 박살 냈다. 요마는 그곳에 없었다. 요마의 음성도 더는 들려오지 않았다. 능비가 즉시 요마를 뒤쫓아가려고 하자 초소명이 말렸다.

"단장, 그냥 보내줘."

초소명은 요마의 출현에도 그다지 놀라지 않은 모습이다.

이유가 있을 터다.

능비는 초소명을 잠시 쳐다보곤 추적을 포기했다.

곧 초소명이 후속 조치를 취했다.

"환마, 요마를 은밀히 추적할 수 있겠어?"

초소명의 물음에 허공에서 구휘의 음성이 들려왔다.

"가능해."

"그럼 지금 추적해서 요마가 어디로 가는지, 누구를 만나는지 알아봐 줘."

"네 부탁이야? 아니면 단장의 명령이야?"

초소명이 능비를 힐끗 돌아보곤 말했다.

"당연히 단장의 명령이지."

"헤헤, 알았어. 다녀올게!"

구휘의 음성도 이제 더는 들려오지 않았다.

초소명은 적양에게 귓속말을 전해 남천생과 서운표를 회의장 바깥으로 데려가게 했다.

회의장에 단원들만 남게 되자 능비가 물었다.

"오늘 총회는 역정보를 흘리기 위한 의도적인 모임이었던 거야?"

"그렇다고 볼 수 있지."

"왜?"

"최근에 마결단의 움직임을 추적하는 마도인들이 강북 곳곳에서 포착되었어. 마도맹이 우리의 존재를 알고 엄밀히 지령을 내린 거겠지. 누가 아군이고 적인지 알 수 없는 상황에서 우리의 활동은 위축될 수밖에 없는데, 그래서 그럴 바에는 차라리 우리의 활동을 표면적으로 알려주는 것이 낫다고 생각했어. 물론 잘못된 정보로 말이야."

"잘못된 정보?"

"응. 오늘 회의에서 십일월에 무상검문의 개파를 선언한다고 했는데, 실제는 그것보다 훨씬 더 빠르게 팔월에 무상검문을 발족시킬 거야."

"팔월? 그렇게 빨리?"

"그게 정말 가능해?"

능비뿐만이 아닌 단원들 전부가 놀란 표정을 비췄다.

초소명이 의미심장하게 웃었다.

"목예추가 직접 움직이기 시작했어. 그 사람의 능력이라면 우리의 애초 구상보다 훨씬 더 빨리 무상검문을 완성시킬 수 있어. 우린 이제 천하를 깜짝 놀라게 할 일만 남았어."

천하를 깜짝 놀라게 한다.

무상검문의 개파를 의미하는 것이 아니다.

태원거사가 곧 시작된다는 뜻이다.

단원들의 긴장된 숨결 속에서 능비가 다시 물었다.

"넌 요마가 오늘 회의에 침투하리라 예상했던 거야?"

"아니, 마도인들 중에 마도맹의 간자가 참석하리라 생각했지만 요마가 직접 참석할 줄은 나도 예상 못했어."

"하면, 구휘에게 요마를 추적하게 했던 이유는 뭐야?"

"아까 말했듯 강북 곳곳에서 마도맹의 흔적이 드러나고 있어. 이는 마도맹의 거물들이 강북으로 올라와 활동한다는 뜻이야. 난 지금 그 총책이 금마라고 추정해. 요마는 금마의 비밀 호위와도 같은 놈이니까."

초소명이 단원들을 훽 둘러보곤 말을 이었다.

"아무튼 이제 단장의 결단만 남았어."

"뭘?"

"오늘 보았겠지만, 강북의 마도인들은 마결단의 활동에 반신반의하고 있어. 그런 사람들에게 확신을 심어주는 가장 빠른 길은 우리의 힘을 확실히 보여주는 거야."

"어떻게?"

"마도맹의 비밀 강북 지부를 쳐. 상대가 금마라면 아주 훌륭한 먹이가 되겠지."

마도내전.

마뇌옥 습격 작전과는 또 다른 전투.

이 전투는 자칫 마도의 전면전으로 확산될 수 있다.

능비는 단원들의 긴장된 주목 아래에서 냉약빙을 슬쩍 한 번 쳐다보곤 미련없이 결정했다.

"마도맹이 먼저 우리를 건드렸다. 지금부터 단원들은 전원 출격 대기한다! 환마가 돌아오는 즉시 마도맹의 강북 지부를 친다!"

第十章
무상검문

"휴우, 종남파에도 선인은 없고 잡놈들만 남아 있구나."

섭사평은 종남파의 산문을 내다보며 착잡한 숨을 내쉬었다. 종남파는 예로부터 제자들에게 구도와 협의지로를 목숨처럼 여기며 살아가라고 가르쳐 왔다. 그래서 종남산에 오를 당시 그는 적어도 종남파만큼은 아직 정도의 기상을 유지하고 있으리라 생각했다.

하지만 십오 년 만에 다시 찾아가 본 종남파는 그가 익히 알고 있던 그 명문정파가 아니었다. 방문자를 정중히 대하는 제자는 찾아보기 힘들었고, 경내에는 도검을 소유한 무인들이 경박하게 돌아다녔다.

무엇보다 그를 허탈하게 한 일은 종남의 정신이라고 불렸던 종남육협의 몰락이었다.

오래전에 종남파의 제자들이 섬주 저자에서 화천방의 형제들을 공격해 상해를 입힌 적이 있었다. 그때 그는 남의 관할지에서 무단으로 소란을 피운 종남파 제자들을 혼내고자 단신으로 종남산에 올랐다. 혈기가 넘치던 시절이라 한바탕 싸울 각오도 했었는데 의외로 종남파는 정중한 예의로서 그를 맞이해 주고, 나아가서는 섬주에서 소란을 피운 제자들을 직접 찾아내 그가 보는 앞에는 장형으로 엄히 다스렸다.

당시 그를 정중히 맞이해 준 이들이 바로 종남육협인데, 그 일 이후로 그는 종남칠협이라고 불릴 정도로 종남육협과 가슴을 열고 만나는 사이가 되었다.

그런데 다시 찾아가 본 종남파에는 그 종남육협이 없었다.

멀리 운유수련을 떠난 것이 아닌, 정천거사 이후로 미쳐서 종남파를 떠나고, 분해서 사문을 버리고, 더러워서 종남산을 등졌다는 것이다.

그들이 그렇게 떠난 내막을 섭사평이 짐작 못하는 것은 아니었다. 종남육협은 대정맹의 정책에 꼭두각시처럼 따라가는 종남파를 결코 좌시하지 않았을 터다. 그래서 종남파의 잘못된 모습을 바로잡고자 사문의 존장들과 맞서 싸우다가 그만 강제 축출을 당했을 것이다.

“이게 어찌 화천방과 종남파만의 일이랴. 정파가 썩고, 무림이 썩고, 강호가 썩은 거야.”

섭사평은 한스럽게 중얼대며 종남산에서 내려왔다. 산에서 내려온 그는 한동안 무작정 앞만 보고 걸었다. 어디로 가야 할지, 무엇을 해야 할지 현재의 그로선 아무것도 정할 수 없었다.

어느덧 그는 종남산 아래의 도시, 접안에 들어섰다. 해는 이미 많이 어두워져 있었다.

그는 술이라도 마셔야 잠을 잘 수 있을 것 같아서 저자 안으로 들어섰다.

저자 입구의 담벼락에는 대정맹의 포고가 덕지덕지 붙어 있었다. 상단에는 마뇌옥 사건에 관한 내용과 현상 수배자들의 용모파기가 자리했는데, 그곳 가장 아래에서 그는 눈에 아주 익숙한 용모파기 한 장을 발견했다.

대정맹 일급 수배.

인자무결 섭사평:현상금 일만 냥.

상기자는 섬주 화천방의 전대 방주로서, 마공 수련의 부작용으로 마성에 취해 섬주에서 난동을 피우고 화천방의 식구들 오십삼 명을 살해하고 도주한 자임.

상기 마인을 발견한 자는 즉시 대정맹 산하 지역 정파 연합에 신고할 것.

"하!"

섭사평은 자신의 수배 전단을 보고 실소를 머금었다. 이젠 마인으로 공식 포고하고 있다. 살아생전 이런 대접을 받게 될 날이 오리라곤 진정 꿈에도 생각 못했다.

"추잡한 세상에 무슨 미련이 있으랴. 그래, 종남육협처럼 멀리멀리 세상을 떠나 버리자."

섭사평은 씁쓸한 심정으로 술집으로 들어갔다. 화주를 시켜 단숨에 한 병을 비웠다. 가슴이 답답한 탓인지 취기는 전혀 올라오지 않았다. 그는 이제 화주를 무더기로 시켜 안주도 없이 연거푸 마셨다.

그렇게 화주 열 병을 비울 때였다.

"전부 동작 중지!"

술집 안으로 감색 관복의 무인들이 와르르 들어섰다.

"우리는 접안의 정파 연합에서 나온 감찰대다. 여기에 수배자가 있다는 신고를 받았다. 전원 일어나서 호패를 꺼내라."

손님들이 하나둘 주눅 든 얼굴로 일어서서 호패를 꺼냈다.

예외는 한 사람, 섭사평이었다. 섭사평은 감찰대를 보고도 술을 마시는 행위를 중단하지 않았다.

"거기 너! 우리 말을 못 들은 거냐! 당장 일어나 호패를 보여!"

감찰대원 하나가 섭사평에게 소리치며 다가왔다.

섭사평은 마시던 화주를 탁자에 거칠게 내려놓고 그 감찰대원을 노려봤다.

"현상금 일만 냥짜리 용모파기면 충분한데 신분을 증명함에 호패가 무슨 필요가 있을까."

"응? 인자무걸? 잡앗!"

섭사평을 본 감찰대원이 대뜸 소리치며 달려들었다.

"큭, 일만 냥짜리 수배자라고 지금 나를 우습게보는 건가?"

섭사평은 그에게 달려든 감찰대원의 목을 움켜잡았다. 그리고 마시던 화주병을 거꾸로 잡아 들고 후려쳤다. 그는 눈이 풀린 감찰대원을 바닥에 내던지고 일어섰다. 섭사평의 모습이 심상치 않자 주변의 감찰대원들이 병기를 뽑아 들고 그를 에워쌌다.

섭사평은 허리에 찬 단목을 빼들고 말했다.

"지금부터 열을 헤아리겠다. 전부 내 눈앞에서 사라져라. 하나… 둘……."

"야아아아!"

섭사평이 숫자 열을 다 헤아리기 전에 감찰대원들이 먼저 달려들었다.

섭사평은 눈을 부릅떴다.

"감히! 누구에게!"

그의 드센 고함에 술집의 집기가 뒤흔들렸다. 내공이 약한 감찰대원은 그 음성을 듣는 것만으로 입에서 피를 줄줄 토했다.

"열!"

그가 마침내 열을 다 헤아렸다. 그는 단목을 감찰대원들의 머리로 휘돌렸다. 폭음이 울리며 감찰대원들이 집단으로 쓰러졌다. 술집 안에서 벌어진 이 싸움에 또 다른 감찰대원들이 밖에서 쏟아져 들어왔다.

"크핫핫! 이놈들아, 여긴 싸우기엔 너무 좁지 않느냐! 내가 나가겠다! 나가서 우리 제대로 한판 벌여보자!"

술 탓이리라. 아니, 그의 심정이 그만큼 답답했으리라. 그는 평소답지 않게 살기를 비치며 감찰대원들을 모두 밖으로 쫓아냈다.

잠시 후 접안 저자 중심에서 오십 대 일의 싸움이 벌어졌다. 거리가 온통 싸움판으로 변했고, 좀 있어 접안의 정파 무인들이 전부 거리로 쏟아져 나와 섭사평을 상대했다.

백 대 일. 삼백 대 일. 그리고 오백 대 일.

한밤 내도록 비명과 고함, 폭음이 저자를 울렸다. 섭사평의 싸움이 워낙에 살벌하여 저자의 일반인들은 집의 문을 꽁꽁 걸어 잠그고 두려움의 시간을 보냈다.

접안 저자를 공포로 물들게 한 섭사평의 광기 어린 싸움은 접안의 대정맹 관리자 충인검사 황진의 머리를 섭사평이 떡으로 만들고 나서야 끝을 맺었다.

그는 그때 황진의 박살 난 머리를 발아래에 두고 서럽게 엉엉 울었다. 한평생 정도의 길을 걸었으나 그는 자신도 모르는 사이에 마인이 되어 있었다. 오늘의 모습을 보면 마인이 아니라고 말할 수도 없었다. 참고 견뎌도 되거늘 그는 순간의 감정을 참지 못하고 살수를 사용했다. 그는 예전 제자들에게 원수를 앞에 두고도 세 번은 참고 칼을 들라고 가르쳤다. 하지만 오늘 그는 그러지 않았다. 그는 이제 협인도 협객도 아니었다.

세상이 바뀌니 그의 인생까지 이렇게 송두리째 바뀌어 버렸다.

"아아! 마인과 협인의 차이가 이토록 가까울 줄 예전엔 진정 몰랐도다."

동틀 무렵, 그는 회한의 음성을 중얼대며 저자를 걸어갔다. 그러던 한순간 그는 저자 입구에서 다시 걸음을 멈추었다.

그의 용모파기가 자리했던 포고 담벼락.

그곳에 낮에는 볼 수 없었던 새로운 포고가 한 장 붙어 있었다.

바르지 않는 것을 보고도 바르지 않다고 하지 못하면 정(正)이 아니다!

불의를 접하고도 불의에 맞서는 용기를 보이지 못한다면 또한 협(俠)이 아니다.

군림의 시대에선 정마의 용사들이 한마음으로 불의에 맞선 협(俠)을 선보였다.

그러나 대정의 시대에선 불의는 정이 되고 용사의 협은 사라졌다.

대정의 불의에 맞서고 싶은 자!

대정의 시대를 되돌리고 싶은 자!

정과 마에 연연 말고 무상검문으로 들어오라!

정과 마는 동전의 양면.

협의지로를 가슴에 담은 형제라면 무상검문은 정마의 구분을 두지 않는다!

—무상검문 이대 문주 정협(正俠) 목예추.

"불의… 협의… 목예추… 무상검문……."

섭사평은 포고를 읽고 또 읽은 다음 어디론가 터벅터벅 걸어갔다.

「마도종사」 5권에서 계속…